国际大奖小说

思黛拉街的鲜事

[澳]伊丽莎白·哈妮/著、绘　赵映雪/译

新蕾出版社

图书在版编目 (CIP) 数据

思黛拉街的鲜事/(澳)哈妮著;赵映雪译.–2 版.
—天津:新蕾出版社,2008.1(2011.2 重印)
(国际大奖小说·爱藏本)
书名原文:45+47 Stella Street and Everything That Happened
ISBN 978-7-5307-3154-3

Ⅰ.思…
Ⅱ.①哈…②赵…
Ⅲ.儿童文学–长篇小说–澳大利亚–现代
Ⅳ.I611.84
中国版本图书馆 CIP 数据核字(2007)第 159816 号

45 + 47 STELLA STREET AND EVERYTHING THAT
HAPPENED by Henni Dcton
ⓒ Text and illustrations, Elizabeth Honey 1995
Published by arrangement with Allen & Unwin Pty Ltd
Simplified Chinese translation copyright ⓒ 2002 by New
Buds Publishing House
ALL RIGHTS RESERVED
津图登字:02–2002–228

出版发行:新蕾出版社
e-mail:newbuds@public.tpt.tj.cn
http://www.newbuds.cn
地　　址:天津市和平区西康路 35 号(300051)
出 版 人:纪秀荣
电　　话:总编办 (022)23332422
　　　　　　发行部 (022)23332676　23332677
传　　真:(022)23332422
经　　销:全国新华书店
印　　刷:山东新华印刷厂德州厂
开　　本:880mm×1230mm　1/32
字　　数:104 千字
印　　张:7.25
版　　次:2011 年 2 月第 2 版第 14 次印刷
定　　价:17.00 元

一辈子的书

梅子涵

亲近文学

一个希望优秀的人，是应该亲近文学的。亲近文学的方式当然就是阅读。阅读那些经典和杰作，在故事和语言间得到和世俗不一样的气息，优雅的心情和感觉在这同时也就滋生出来；还有很多的智慧和见解，是你在受教育的课堂上和别的书里难以如此生动和有趣地看见的。慢慢地，慢慢地，这阅读就使你有了格调，有了不平庸的眼睛。其实谁不知道，十有八九你是不可能成为一个文学家的，而是当了电脑工程师、建筑设计师……可是亲近文学怎么就是为了要成为文学家，成为一个写小说的人呢？文学是抚摸所有人的灵魂的，如果真有一种叫作"灵魂"的东西的话。文学是这样的一盏灯，只要你亲近过它，那么不管你是在怎样的境遇里，每天从事

怎样的职业和怎样地操持，是设计房子还是打制家具，它都会无声无息地照亮你，使你可能为一个城市、一个家庭的房间又添置了经典，添置了可以供世代的人去欣赏和享受的美，而不是才过了几年，人们已经在说，哎哟，好难看哟！

谁会不想要这样的一盏灯呢？

阅读优秀

文学是很丰富的，各种各样。但是它又的确分成优秀和平庸。我们哪怕可以活上三百岁，有很充裕的时间，还是有理由只阅读优秀的，而拒绝平庸的。所以一代一代年长的人总是劝说年轻的人："阅读经典！"这是他们的前人告诉他们的，他们也有了深切的体会，所以再来告诉他们的后代。

这是人类的生命关怀。

美国诗人惠特曼有一首诗：《有一个孩子向前走去》。诗里说：

有一个孩子每天向前走去，

他看见最初的东西，他就变成那东西，

那东西就变成了他的一部分……

如果是早开的紫丁香，那么它会变成这个孩子的一部分；如果是杂乱的野草，那么它也会变成这个孩子的一部分。

我们都想看见一个孩子一步步地走进经典里去，走进优秀。

优秀和经典的书，不是只有那些很久年代以前的才是，只是安徒生，只是托尔斯泰，只是鲁迅；当代也有不少。只不过是我们不知道，所以没有告诉你；你的父母不知道，所以没有告诉你；你的老师可能也不知道，所以也没有告诉你。我们都已经看见了这种"不知道"所造成的阅读的稀少了。我们很焦急，所以我们总是非常热心地对你们说，它们在哪里，是什么书名，在哪儿可以买到。我就好想为你们开一张大书单，可以供你们去寻找、得到。像英国作家斯蒂文生写的那个李利一样，每天快要天黑的时候，他就拿着提灯和梯子走过来，在每一家的门口，把街灯点亮。我们也想当一个点灯的人，让你们在光亮中可以看见，看见那一本本被奇特地写出来的书，夜晚梦见里面的故事，白天的时候也必然想起和流连。一个孩子一天天地向前走去，长大了，很有知识，很有技能，还善良和有诗意，语言斯文……

同样是长大，那会多么不一样！

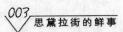

自己的书

优秀的文学书，也有不同。有很多是写给成年人的，也有专门写给孩子和青少年的。专门为孩子和青少年写文学书，不是从古就有的，而是历史不长。可是已经写出来的足以称得上琳琅和灿烂了。它可以算作是这二三百年来我们的文学里最值得炫耀的事情之一，几乎任何一本统计世纪文学成就的大书里都不会忘记写上这一笔，而且写上一个个具体的灿烂书名。

它们是我们自己的书。合乎年纪，合乎趣味，快活地笑或是严肃地思考，都是立在敬重我们生命的角度，不假冒天真，也不故意深刻。

它们是长大的人一生忘记不了的书，长大以后，他们才知道，原来这样的书，这些书里的故事和美妙，在长大之后读的文学书里再难遇见，可是因为他们读过了，所以没有遗憾。他们会这样劝说："读一读吧，要不会遗憾的。"

我们不要像安徒生写的那棵小枞树，老急着长大，老以为自己已经长大，不理睬照射它的那么温暖的太阳光和充分的新鲜空气，连飞翔过去的小鸟，和早晨与晚间飘过去的红云也一点儿都不感兴趣，老想着我长大

了，我长大了。

"请你跟我们一道享受你的生活吧！"太阳光说。

"请你在自由中享受你新鲜的青春吧！"空气说。

"请你尽情地阅读属于你的年龄的文学书吧！"梅子涵说。

现在的这些"国际大奖小说"就是这样的书。

它们真是非常好，读完了，放进你自己的书架，你永远也不会抽离的。

很多年后，你当父亲、母亲了，你会对儿子、女儿说："读一读它们，我的孩子！"

你还会当爷爷、奶奶、外公和外婆，你会对孙辈们说："读一读它们吧，我都珍藏了一辈子了！"

一辈子的书。

GUO JI DA JIANG 目录 XIAO SHUO

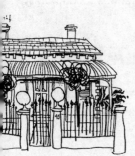

GUOJIDAJIANG

目录

XIAO SHUO

第 一 章

思黛拉街的邻居们

嗨,我叫海妮,我很 high(高)!

我是全校最 high 的女孩。我不是最大的,也不是最聪明的;不是最漂亮的,也不是最好玩的;可是百分之百确定,我是最高的,没人能否认。

我不在意当最高的人,因为如果你见过我最好的朋友,就会发现他也很不一样。我喜欢大家一起不一样,而且啊,如果你真的认识了不一样的人,就会知道,其实他们也没什么不一样的。

泽是我最好的朋友,也是我遇到的最不一样的人。

他是最快乐的男生,有天生最甜美的本性。这样讲好像太肉麻了,不过他真是这样。他妈和爸原想生像一支足球队

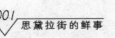

那样多的孩子，可是只生出了泽一人，所以他一人独享这份儿爱。这一定是有关联的。

泽不喜欢人家小题大做，不过他真的有个神奇的本领哪，就是啊，他头发带电嗷，每根头发都是直直竖着的。还是婴儿时，他妈妈就注意到，每次只要帮他梳头，就会被轻轻地电一下。所以泽看上去随时都好像刚被吓一大跳的样子。有一次，我们在一个人家里看电视，演的是我们不爱看的节目，泽就梳梳头发，屏幕马上白花花地跳起来，人家不知道是怎么一回事，女主人就说："空气中有静电！"泽就悄悄说："头发上有静电！"

只要一梳头发，他身旁的收音机就会像疯了一样，喳喳地叫。

到了晚上，譬如说我们去露营时，大家就把灯都关掉，然后所有小孩会大叫："泽，梳头发！快点儿！梳头发！"他一梳，整个头就会像放烟火一样地冒出彩色的星星。对天发誓，我没骗你！

有一回，泽在电影院里，银幕上有人在龙卷风肆虐的天气中枪战，坐在他旁边的那人忽然倒下，就那样软绵绵地昏过去了。还好，有个医生过来急救，医生大喊："这人心脏病发作了，心跳停止了！快叫救护车！"

国际大奖小说

 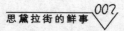

泽平常读了很多关于静电的书，也常自己躲起来用头发做实验。反正啊，在电影院看到那人倒了下去，泽就拿梳子在头发上梳了十来下，然后拿去碰那个人。那人突然抖了一下，像弹簧小丑那样跳了起来。"咦?"他说，"怎么回事?"

"你心跳停了，"医生回答，"这个小兄弟……他……"

可是泽早就跑了。就像我跟你说的，他不喜欢人家小题大做。这件事是我听人家说的。

我不在事发现场，可是其他小孩子发誓说是真的。

我还可以跟你讲个别人不知道的秘密——如果你答应真的不跟别人讲的话。

泽收集了很多奇形怪状的梳子呢。

泽的邻居是倪先生，全名是倪克拿。倪太太早几年因癌症过世，没有给他留下孩子。可是倪先生自己有很多方面蛮像小孩的，像事情做对了，他就好激动、好快乐。以前他在铁路局做事，现在在教钢琴。

做爸妈的都觉得他很厉害，因为他会让小小孩黏在钢琴上不想下来。可是每次等到孩子真的听到大声的舞曲就起来摇摆，自己随着音乐发明舞步，完全陶醉在歌曲里的时候，那些爸爸妈妈就会把孩子拉

走，丢给一个看起来比较像样的钢琴老师，就是那种指甲比较干净啦，还会订一大堆进度，说"到6月份我们的目标是通过第三级鉴定"的人，而不是交给像倪先生那样教学很随意很快乐，只会说"看到时候弹得怎样吧"（每次真的都蛮像样的）的人。

倪先生的隔壁是四十七号。

每个孩子都爱思黛拉街四十七号，那真是美梦成真的地方。法蓝就住在四十七号，今年六岁，他爸爸叫若北，是个收破铜烂铁的，他们家活像个又大又旧又乱又破又疯狂的垃圾场。墙上的板子掉下来了，若北会钉个招牌上去把洞遮住。有一次玻璃窗破了，他把它改成像吧台一样的柜台。他修东西是完全按自己兴致的。

法蓝的妈叫唐娜，好爱做花园的事噢！她在每个还能装点儿土的破铜烂铁上都种了植物，连像蛋壳那么小的东西也不放过。

于是牵牛花爬上了一只从旋转木马上淘汰下来的天鹅背上；一个火箭筒里垂着豌豆；一部破推车里盛开着三色紫罗兰；连破茶壶杯子、独轮手推车、靴子、电热壶、卡布奇诺咖啡炉里都有整串的花冒出来；一个生锈的烤面包机里还长出了洋葱呢。

在她后院的一角是她放土和堆肥的地方。

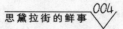

还有那些从超级市场搬回来的各种坏了的电动摇椅，像救火车、小鹿斑比、小象旦旦、长颈鹿、两只小猪，还有一只骡子，全都有自己小小的花园。

四十七号的春天真美，所有垃圾都开了花。

有一次，有本杂志还发专稿介绍了唐娜的花园，标题是"繁花盛开旧物情"。

我啰啰嗦嗦地讲了一大堆，真正的故事还没开始呢。

第 二 章

别了，莉莲姑婆

前不久，有一天，若北去敲莉莲姑婆的门，她没来开门，所以他就自己走了进去。若北发现莉莲姑婆像白雪公主一样，双手握得紧紧的躺在地上，脸上还带着甜甜的微笑。只不过，她不是等待王子的一吻，是早就死掉了。

莉莲老姑婆住在思黛拉街大概有一辈子了，一个世纪了吧，她是有这条街时就最早搬来的原始居民（我特别研究过的）。本来还有个雷司公公，可是他在大战时走了。倪先生的说法是，走了是好事。

莉莲姑婆总会买我们推销的学校彩券，也会出钱支持学校办的拼字马拉松、读书马拉松、跑步马拉松，反正不管我们办的什么"马拉松"她都支持。（像我这是写作马拉松！）每年圣诞节她还会给思黛拉街的每个孩子两块钱。我们度假时，她也很乐意帮我们照顾家里的小动物。

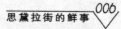

莉莲姑婆脸上总是挂着微笑，像那些大画家画的圣母马利亚，不管婴儿耶稣在干什么，她脸上永远是柔柔的、甜甜的、带着半笑的表情。而且很多时候（如果你愿意相信这些画的话），婴儿耶稣是没穿尿片的，所以我想在那笑意后面，一定常常鸡飞狗跳。我猜啊，莉莲姑婆背后也是一样。

莉莲姑婆的葬礼办得很隆重，成堆的花，思黛拉街的每个人都来了。"很伤心啊，"他们说，"可是走就要像这样，突然地，倒地就走，在自己家厨房（保证干净），笑着睡着地走。亲爱的姑婆一辈子算幸福的了，年纪也大了，这样走很好。"等等，等等。可是还是很令人伤心。

然后她的房子就空了。

亲爱的上帝：

希望在天上您给莉莲老姑婆准备一个好位置，也许她没做什么大善事，可是她对我们这些孩子都很好。我没听她讲过谁不好，而且每个星期天她都上教堂。我猜这点您知道。

跟她说我们想她。真的想她。

就此停笔。

海 妮

第 三 章

整修房子

那时我们不在家，没看见，可是莉莲姑婆的旧家突然就被翻过来了。前门还是以前那个可爱的门面。但是后面，那个小阳台、厨房、浴室、洗衣房——全不见了！瓷砖、碗柜、水槽、炉子、窗户，还有莉莲姑婆一年到头都擦得干干净净的塑料地板，在一天内全被掀掉、打破、捣烂，堆到"阿阿巴巴公司马上丢"车上，运到垃圾场去了。那天我们放学回来，刚好赶上看最后一车垃圾被运走。

我们简直不敢相信自己的眼睛。泽的头发全都竖起来了。

莉莲姑婆的家像被龙卷风扫过，什么都掀破了，都

我们用那些箱子给法蓝做了这么棒的一座堡垒，房间之间还有门呢！

受伤了。我们一直盯着那房子看，呼吸急促，感觉好像从高高的单杠上直接摔到地上一样。我们更替莉莲姑婆难过。

我们就到泽家里去，用香蕉雪泥和一大勺冰淇淋咽下这个坏消息。

住在四十五号的会是谁呢？

"可能他们有一堆小孩，"法蓝期待着说，"要在后院盖一座最大最大的游乐场。"

"不是，"泽讲，"那是个热爱攀岩的人，不幸从山上摔下来严重受伤，所以需要无障碍空间和很多杆子可以拉，还有坐在轮椅上的人需要的一大堆东西。"

"是一个养着名贵狗的人，"丹妮说，"要挖洞装特别的狗门、狗卫浴和狗床。"

跟你讲，我们实在好奇死了。

唯一我们能确定的是，无论是谁，这个人一定很有钱。

然后就开始盖房子了。最先来的是挖土机和卡车，在前面花园里还摆了个活动厕所，接着搬进搬出的是砖块、铁丝、板子、土、垃圾和电线，那些电线看起来真像面条。

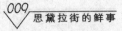

大概有两个月的时间，四十五号都是乱七八糟的，等到外墙也砌起来了，我们就啥也看不见了。敲敲、锯锯、钻钻，整天都是噪音！噪音！噪音！那些工人还把一台破收音机拨到摇滚乐台，扭到超超级大声！当然不大声是不行的，如果他们在噪音中还想听到音乐的话。

我们还是不知道谁将住在这里。唐娜性格很随和，跟谁都能聊两句，她常跑去跟盖房子的人讲话，可是那些人都不愿意提屋子的主人。

有天下午，若北听到四十五号有吵架声，一直有人在骂，一个女人尖声大叫："你们只会做这些吗？"还有一个男人在吼："看是你们修理房子，还是我修理你们！"

接下来又有货车把好多新东西运到四十五号来，像蚂蚁慢慢搬杂屑到洞里一样。东西都是全新的，还包在箱子里呢。

我们就编了个游戏：

我：嗨，泽，你的新炉子怎么样啦？

泽：嗨，海妮！你的新洗碗机好不好用啊？

法蓝：嗨，海妮，嗨，泽。那个新的四层冰箱用起来如何？

泽：嗨，海妮！那个新排油烟机怎样？

我：嗨，法蓝，嗨，泽。弄错冰箱了！得重新给你们换个新的四层冰箱！

泽：嗨，海妮！那冷冻柜好用吗？

然后有一天，泽跑过来。

嗨，海妮！你的新大耳朵怎么样啊！

我：哇！

泽：哇又是怎么样呢？

是啊，我们都在猜！他们到底想在那屋子里干什么呀？

整天看球赛？限制级电影？思黛拉街竟然有人装接收卫星信号的大耳朵！真是新闻呀！

别换台嗷，天线对好嗷，最大的新闻还没来呢。

泽从图书馆借来书开始查关于卫星天线的问题了。

第 四 章

奇怪的新邻居

我们是先闻到她的味道的。丹妮、泽、法蓝、布吉特(法蓝的狗)和我正往巷子最里边泽的家走去,忽然四十五号那个车库的新电动卷门缓缓升起来了,然后一股很刺鼻的、像去百货公司一次试用了太多香水那样的味道飘了出来。门卷开了些,我们看到了一双金色的鞋,接下来一点一点的,那个人终于露面了。我们看着她,她也看着我们。她有一头蓬松的头发,像金色的龙须糖,半透明可以看穿过去一样。她的眉毛很黑,嘴唇很红,耳环跟项链金光闪闪,鼻子则像根 2H 铅笔。

布吉特低声吠了一下。

丹尼说了声:"哈啰。"隔壁新太太也说了声:"哈啰。"眼睛却盯着布吉特,然后就上了那辆银色新车。我们也往泽家走去了。

"你们觉得怎样?"我问。

"香水洒得太多了！"泽说。

"臭死了！"法蓝说。

"她洒那么多香水是因为她很会放屁。"丹妮讲。（这就是我们的丹妮。）

"公平一点，"我说（我是很讲求一切公平的人——我想这与我很高有关系），"我觉得她看起来没那么坏。别由味道来判断一本书。"

"狗就是这样！"法蓝说。

接下来那个新邻居找人将房子全都漆成了白色，由里到外，漆得像实验室一样。只要有颗小灰尘落上去，都会露出来。

然后他们找来园艺专家把花园的地挖开，铺了条由院子门通到家门的小径，两旁各种了一棵树。种好时，泽听到那位园艺专家说他弄好了，可是新邻居太太却大声咆哮着说两棵树的形状没有完全一样。我们偷偷去看了一下，觉得已经非常好了。

可是新邻居太太把那个园艺专家臭骂了一顿，那人走了，又运回来两棵新树，把原来的那两棵挖出来，将新树种了上去。说实话，我实在看不出来有任何差别。不过院子看起来的确很漂亮，整齐又宜人，像杂志封面印的那些房子一样。

这时，泽和我要去图书馆，我们刚好看见了新邻

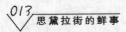

居先生。他说："哈啰，孩子。"声音像在谈生意一样严肃，他那张黝黑的石头脸看起来还挺英俊的，身材不高，他的眼睛、眉毛、嘴巴像几条平行线，就像那些威士忌广告里的牛仔一样。

接着，新邻居又围了新围墙，是用砖头、铁杆围成的，样子像一根根的矛立在两根大砖柱子旁。前门两旁的砖柱子上头还留了位置，显然是还要在上面再摆什么东西。

我们猜测着是些什么东西：

若北——狮子

泽——抓着蛇的老鹰

法蓝——一大瓶水泥香水

丹妮——心

唐娜——站在垂着玫瑰花的花盆上的丘比特

布吉特——骨头

结果这是他们最后放的：
大球！

看起来很不协调。

球太大，砖柱子太小。

看起来很差劲。

　　一辆上头喷得到处是漆的货车驶了过来，其中一个油漆工人是个女生，双峰很大，在胸前晃动。她穿的T恤上面印有尼泊尔的照片，那些高山也跟着在她胸前跳动。她将围墙、门和球也通通漆成白色。新邻居先生竟然还怒气冲冲地说那样不够白，"晃动的山"叫他客气点。那群油漆工人就跳上他们喷得到处是漆的货车，一路踩着刹车吱吱嘎嘎地开走了。可是第二天早上，一个男油漆工又来了，把房子又涂上了一层全白的颜色。

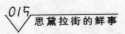

接下来是白地毯了，彻底的白。来了一辆运家具的车把莉莲姑婆那带花的地毯扔上去，把这卷洁白无瑕的白地毯铺了进去，他们家的感觉一定是白雪皑皑。（还喜欢这层诗意吗？）从此他们可能不会再吃甜菜根、西红柿、意大利肉酱面或任何有危险的食物了。为了安全起见，可能他们会靠白色食物像米饭啦、香草冰淇淋啦来生活。

整修前的莉莲姑婆家

整修后

思黛拉街的鲜事

第 五 章

假 仙 家 庭

　　隔壁新邻居就这样住进了原是莉莲姑婆的房子，只是变成美丽的别墅。现在他们请了朋友来喝茶。噢！不是不是，他们的讲法是用餐吧！好炫耀一下他们这栋漂亮的新房子。那些人都很亲热，一直说："嗨，达……令"、"真高兴见……到你"，达令过来，达令过去，什么都达令，猛讲那种轻飘飘的话。

　　你可能以为我们真是一群爱管闲事的窃听者，才不是呢。（至少那时候不是！）我们是没办法当作没听到。

　　那时我、丹妮和泽正在照看法蓝，因为唐娜那个礼拜太忙了。隔壁新邻居那些很好、很亲爱、很甜蜜、很贴心的朋友在他们家用餐时，我们正在看《上帝也疯狂》，笑得快疯了。后来法蓝在沙发上睡着了。已经很晚了，我们又听到那群很亲爱的朋友爬进他们的"化石燃油车"和"森林遨游者"，（虽然一辈子这些车

也没驶进过一片森林！）砰、砰、砰地关车门，然后说：
"再见达……令"、"再见莎琳——娜"、"拜拜"等等，
等等。

新邻居就进家门了，突然客气全转成了怒气，他
们在那里尖声大叫！

"绝不再请客了！""是谁请他们来的！""是谁笨
到先说要请客的？"等等，等等。有些骂那些达令客人
的台词实在太精彩了，我们忍不住就抄下来一些：

你那些&＊＊＊＊$#@$%＊白痴懒惰猪同事！

一群粗鲁的＊＊&@ ＋#&猪猡！

那个白脸书生娘娘腔的双面（双面！亏他们想得
出来！）&@%$#！＋＝幼齿虫！

#＊＊＊＋@$&＊#霸道、讨人厌、胆小鬼，像水
母一样的黄鼠狼！（水母可是很漂亮的生物呢。）

那只大嘴巴（是谁说那锅子是黑的！）＊%$#&
§◎≠99$&%＊＊＊老臭蝙蝠！

腐烂、传染病＊＊＊＋＋%$#！&＊的骷髅！

＊＊&※%$#&§◎≠※没用的＊＊＊&§◎≠§#
$%的科技残渣！

狡猾、诡计多端的＊&@%$#§◎※尖嘴猴！

没骨头、没下巴、没种、没脚的＊&※%$#！@※
§◎章鱼！

怪厉害的,对不对!

我没把他们骂人的话通通写下来,万一有个天真的小孩来翻这本书就惨了,不过你大概也猜到是怎样的一个场面了。人前什么都是达令,人后什么都是猪猡。哇!我们大跌眼镜!所以我们从那时起就改称他们为假仙家庭。

若北,还有唐娜回来了,两个人一副很高兴的样子,却还有点儿怪异,甚至还有点儿傻笑的模样。我们跟他们说看了《上帝也疯狂》,还有听了"邻居也疯狂",大家都笑成一团。

(一段话用了那么多个"还有",我可能成不了吉利安·鲁宾斯坦了!)

假仙家门口平静了一个礼拜,忽然又有事弄得假仙太太暴跳如雷。是这样的,她丢出去一个锅子,但像变魔术似的,隔天,她就在唐娜的花园里看到有棵鱼尾菊花从那锅里长出来。

她马上就大步走了进去。

"你在我的垃圾里种东西是什么意思?"

"你不要了嘛,"唐娜很讲理地解释,"反正等那锅进了垃圾场再捡也是捡,我就从你门前草地上先捡了。我觉得那锅子还很好。"

"锅子里种花太差劲!太差劲了!"她大骂,"以后

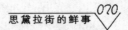

请你不要再干涉我家的垃圾。"讲完就呱里呱嗒地走了出去。

可是，假仙家的垃圾实在太多了！没清理过的垃圾，还有很好的东西。他们没叫十字军或红十字会或旧货店来收走，却直接往垃圾桶里一丢！

亲爱的上帝：

等假仙家庭上天堂后，让圣彼得在天堂门口等他们，问他们："这是你们的垃圾吗？"把他们的垃圾都堆在那里。不过得好意警告您，那可能是几千尺高的一座垃圾山噢。让圣彼得问他们还在乎这星球吗？让圣彼得问他们还在乎其他人吗？

告退，海妮

因此，你也看出来了，他们可不是我们心里期待的那种邻居。

第 六 章

边墙风波

　　思黛拉街四十五号和四十七号中间的围墙有点儿倾斜,不过斜得很公平,一半歪向假仙家,一半歪向若北和唐娜家。

　　这天,泽和法蓝跨进我们家厨房门后就倒地不起了,两个人的快乐程度看起来跟一袋烂香菇差不多。噢噢,坏消息的征兆,于是我们就泡了特浓巧克力牛奶来安抚神经。

　　若北,也就是法蓝的爸,这天过得很不好。第一,是因为那天他到拍卖场买了个五斗柜,回来才发现那木头早已被白蚁(专吃木头,在上面留下坑坑洞洞的小虫)啃得不值他付的那个钱了。然后他开车到帕拉佛山庄去送椅子,真远,好像到外层空间,可是那人竟然不在家,又没安全的地方可以让他把椅子卸下来,所以这一趟路算是白跑了。回头跳上车时,他又一屁股把午餐三明治坐扁。

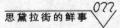

回家后他又累又气，唐娜那一天也都在外头做她快乐家庭的工作，没时间去买菜，两人只好开罐头当晚餐吃。

餐后若北开始看信了。

第一封信是房屋税，又涨价了。

第二封是电话账单，很多钱，因为上个月唐娜负责安排莉莲姑婆的葬礼。

第三封是……请看下面：

胡克、陆德福 & 史密顿	案件号码：RS：941028
高级法庭律师 & 下级法庭律师(函)	日　期：5 月 15 日

维多利亚 3000 墨尔本卡林街 550 号

电话：(03)6295061　传真：(03)6149365

受文者：维州白克山庄思黛拉街 47 号

主　旨：思黛拉街 45 号和 47 号，共用围墙翻新。

事　由：鄙人的客户指示我通知您上述的围墙危险、有碍观瞻，已无法整修，极度需要更新。

　　　　鄙人的客户要求我通知您，为上述目的，我们已请当地一家有信誉的围墙商估价，包括准备、工资、材料、油漆等等，总价是 4890 元，此价将由双方事主公平对分。

　　　　相信此举会取得您的同意。

劳瑞·史密顿

"不会，我不会同意的。"若北难过地说。

"那是什么意思？"法蓝问。

唐娜给他解释说:"假仙家要围一道新围墙,要四千八百九十元,他们期待我们会付一半。"她讲完转向若北,"弄个新围墙要将近五千元,太离谱了吧?"

"离谱!"若北讲,"根本是胡扯!"

若北讲:"还有,他们干吗不直接过来说:'我们来弄个新围墙吧!'还煞有介事地拉这些无聊的律师进来干什么。"

"他们可能是不好意思吧。"唐娜讲得毫无说服力。

"是吗,"若北边走边念,"将近五千元吔! 这围墙用钱搭的不成! 他们用什么材料啊? 纯金吗?"

呼叫上方帝国……

呼叫上方帝国……

这里有严重问题。

A. 若北不要新围墙,他觉得旧的就好了。他说旧围墙还可以用五十年。

B. 反正他也没那个钱去弄新围墙。

C. 四千八百九十元弄新围墙是很大的一笔钱。有任何建议吗?

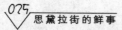

第七章

布吉特大餐事件

我一直要赶快讲故事，现在才想起来还没介绍人物。真的，在别的书上，作家都叙述得很流畅，你从不必停下来问："这家伙是谁啊？"可惜，我还没那么棒。

我老爸老妈竟都还没上场，我可不是孤儿噢。

丹妮是我妹，九岁。她有时实在蛮惹人生气的，却很少因此被处罚。她很会尖叫，像裁判在吹口哨一样。她讲话太直了，常常不太有礼貌，不过也挺好玩的。她心里想什么就说什么，有时讲的就是其他人心里想的，只不过只有她敢放声讲出来。

我这神经妹妹（光写她就可以写五百页）还有个特点，就是太爱音乐了。她崇拜一个没人听过的野乐团，叫作"燥"音男孩，他们的主打歌曲是《请看出口》，我也喜欢听啦，可是我妹是发疯一样在听。只要收音机播这首歌，她马上跳起来把音乐扭到最大声，像个电动布娃娃马上跳起舞来。她舞跳得很棒，但平

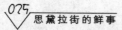

思黛拉街的鲜事

常的她不是一个协调性很好的人,老是丢三落四。

唐娜的工作。唐娜在一个社工中心之类的地方做事,那是帮人家解决严重家庭问题的地方,像跟真的家庭玩办家家酒一样,希望这样做能让破碎家庭和好如初,破镜重圆。有时候如果唐娜的工作需要,若北、唐娜还让那些破碎家庭的孩子来跟他们住。有几个小孩实在非常离谱,不过唐娜也只是把他们叫到外面花园,要他们种点东西、浇水、拔草而已。

我们管那些小孩叫出租小孩。

泽和法蓝常在一起,因为唐娜要上班,所以放学后法蓝都是到泽家去的。

布吉特,是若北、唐娜和法蓝的黑色腊肠狗,不过它也是我们大家的狗,我们都会照顾它,它常到处晃,尤其好去找倪先生。有时若北、唐娜和法蓝到不能带狗去的地方露营,我们也会替他们看狗。布吉特有黑黑亮亮的毛,常用它好笑的小腊肠狗方式在附近学马那样哒哒地跑。它有黑耳朵,粉红舌头伸在外头时,脸上还带着笑意,大概是觉得生命真是太美好了!布吉特也是只很贪吃的小狗,短短的腿、好长的胃,呼哧呼哧地跑过去,轰一声,碗就空了,然后它会抬起头咧着嘴,好像笑着在问:"还有没有啊?"

"真希望我能像它那样吃东西。"倪先生的胃很敏

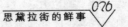

感，整天都在含胃乳片。这可能也是为什么他会给布吉特吃垃圾食物的原因，因为他喜欢看它吃他不能吃的东西。

丹妮送给布吉特的箴言是"好吃好吃好吃"。

"生是为了吃！"泽讲的。

法蓝也附和地用迈克·杰克逊的歌唱"吃吧"。

思黛拉街上每个人都能讲出一长串布吉特吃进去（或吞进去）的那些恶心东西，可是它还是很得意地在这街上晃来晃去。它应该关在家里，但它天天溜出来，不过只是去看看朋友啦，从不会去吵人家，也不会自己过马路。

回头来讲这故事——前面我不是说假仙家整天丢一大堆垃圾出来吗？他们当然也丢整堆的食物出来。我们都觉得他们实在应该把垃圾桶运到超级市场去，让桶对准购物车，将买的东西直接扔进垃圾桶里，这样省事多了，连开都不用开。他们丢出来的东西几乎连碰都还没碰呢，实在很恶心！

讲到恶心……

如果恶心的狗举动会让你不舒服……现在请将书合起来。

好啦，冷静的侦探大人，也许你已嗅出来我们这个致命的组合了吧。火药和火柴！假仙家的垃圾和布吉特！

那不凡的一天，丹妮和我放学往家里走，才转进街来，猜！我们在假仙家门口看到什么？思黛拉街的梦魇！垃圾拖得整条人行道都是，假仙家两个垃圾桶全倒了，在那一团混乱中站着布吉特，它正在享用"莎拉李"的乳酪蛋糕，呼噜噜；刚到下午就吃"今夜炸鸡"，呼噜噜；培根皮、臭乳酪汁、鸡尾薄酒，呼噜噜。它的尾巴直直地伸着，疯了似的，因为它也知道好事不可能持久的。我们对着它大喊："布吉特，快滚开！"丹妮插手进去抓它，踢倒了一个罐头，滚到排水沟去了，把垃圾撒得到处都是。这时布吉特正在大吃苏俄肉丸子，呼噜噜；又来点乳酪蛋糕，呼噜噜；全身滑得像条鱼似的。我也试着要去抓它，它一脚踩上小乳酪塔，跌到生菜上头，就在那时，假仙家的车开进来了！他们吓得站在那里，望着这一地可怕的景象，他们的垃圾，和这只已经吃得像只黑气球的黑色腊肠狗，还在不停地吃吃吃，呼

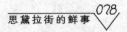

噜噜……

假仙太太尖叫："把那只狗抓走！我快吐了！"

不只她呢。

布吉特停下来抬头看着她，然后把它吃进去的所有东西一口气全吐在假仙太太的脚上，然后又呼噜噜低头吃了起来！

假仙太太叫得好像被砍了一刀似的，我们差点儿没吓死。（后来我们差点儿没笑死。）大家都跑过来了。

假仙先生用判我们死刑的声音说道："你们有十五分钟时间把这里收拾干净。"然后就抓着假仙太太，把她推了进去。

我们都弯下身去，疯了一样的，倪先生抓起了若北和唐娜家的水管，丹妮把布吉特扔进了它的狗屋，我们就在那里扫啊铲的。妈妈另外又拿来了新垃圾袋，把垃圾都塞进去，泽和法蓝也跑了上来，我们像群疯子在那里大扫特扫。十二分钟后什么都扔回桶里，好啦。

前面草地都湿了，排水沟也冲刷干净了。

没人会知道曾发生过这件事，除了这个画面：布吉特大吃特吃，然后全吐出来。还有假仙太太那张脸，将永远永远印在我们记忆里。

那天下午还留给我们另一个不可磨灭的印象，是关于布吉特的：它享用了这辈子最丰盛的大餐，从此就上瘾了。现在它活着几乎就是为了假仙家的垃圾，它时时想着，做梦梦着，晚上睡在狗篮里时还梦着吃，可以看到它短短的脚又蹬又跑的，还流口水，甚至还露出它满嘴的牙齿。

　　若北和唐娜回家听到发生这种事后，觉得实在太丢脸了，就马上走去敲假仙家的门，跟他们道歉，法蓝那傻瓜还说："布吉特病了。"以为人家会心软一点，结果假仙太太回他："那只小猪死了最好。"

　　"最好痛苦死。"假仙先生讲完后摔门就走。

第 八 章

幸运一舔

　　布吉特大餐事件后，思黛拉街上的每个人都企图要对假仙家超级友善一点，可是根本没机会。他们不理我们，我们好像在对砖墙笑一样。反正，他们也不常在家，而且到这时候，在内心最深处，我们已经得出结论了，我们实在是真的不喜欢他们。

　　布吉特享用大餐的画面对假仙而言是很难看，可是我们清扫得比闪电还快，而且如果不是他们丢出那一堆笨垃圾的话，也不会发生这种事。每个养狗养猫的人都知道不是什么事情都很漂亮的。

　　"他们小时候养的动物都那么乖吗？"法蓝问。

　　"我打赌都很恶心。"我说。

　　"他们才没养动物呢。"泽说。

　　"我打赌他们根本没当过小孩。"丹妮说，"他们是直接从邪恶星球来的。"

　　而且我们觉得假仙也欠若北和唐娜很多人情。当初盖房子工人在整修莉莲姑婆旧家时，有一次缺人手，若北还去帮忙；而且他们的卡车老是挡在若北和唐娜家；而且那些工人都很早来，每次都吵醒若北他们；而且有事情时他们都叫若北和唐娜转告；而且他们还撞断了若北和唐娜家杏树的树枝；而且若北、唐娜抱怨过吗？

一次都没有！

可是没人提过这些事。

若北检查了四十七号所有的围墙，把布吉特可能跑出去的地方都挡起来，布吉特只好来抓门，在那里汪汪哭叫。它来来回回地跑，来来回回地沿着围墙跑，一直叫，一直叫。

从布吉特的观点来看，前一天大家都还是它的朋友，生活自由自在又逍遥，然后，"砰"的一声，它突然就被孤独地锁起来了。

以前认识它的人都很想念它，可是要不是不知道

发生了什么事，就是不能来看它。只有倪先生来把它带回家看着，他还记得很小心地锁上大门。

有时它跑出来了，一定马上哒哒地跑向假仙家，它想也许那梦幻般的好日子还可能再来，如果真的又来了，它一定要在那里才行。它在假仙家大门那边跳上跳下，叫得头都快断了。

"汪汪汪！呜呜呜！汪汪汪！是我啊！汪汪汪！把垃圾桶推出来。汪汪汪！我肚子好饿啊！汪汪汪！"

后来若北和唐娜就接到了另一封信，这回是从市

白利玛市政府（函）
白克山庄 3771 海街市政府
欧思达 DF98459　　　　您的参考号码：
传真：7319922　　　　敝方参考号码：60/001/004/001
事由：6月24日
苏若北 & 唐娜
维多利亚 3771 白克山庄思黛拉街 47 号
亲爱的苏先生、苏太太：
　　环保局接获检举函，严重抱怨您府上的狗。抗议内容包括：吠叫过度、严重破坏公共卫生、骚扰邻居垃圾以及在社区中游荡。
　　若构成犯罪条款，狗主可能遭受起诉。
　　下面列出关于狗的犯罪法令，仅供参考。
狗的犯罪法令
有下列违反行为可能会被当场开罚款单

狗法令规章出处	触犯内容	罚款
11	狗主名字及住址未列在注册的狗项圈上	
12	注册的狗在狗主房屋外未佩戴项圈	
13	未注册狗佩戴已注册狗的项圈	50 元
14	损毁项圈名牌	
16(1)(a)	狗出现在学校或商店里	
16(1)(b)	在铁路上或商业区附近没有以绳子牵住狗	
15	白天狗在狗主房屋外自由晃荡	100 元
19	猎犬于狗主屋外没有戴上口套或出现失控现象	
4	未替狗注册	200 元
15	夜晚狗在狗主房屋外自由晃荡	

希望能在此给您忠告，若无立即有效控制，我们将会采取进一步行动。
白吉思
您忠实的
环境卫生部门

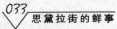

政府来的。

"那些吸血老鼠，"若北讲，"已经到了让我不想再拆任何一封信的程度了，都是坏事。"

唐娜啥都没讲，她在想，工作上她与那些越轨、不知如何和人相处的孩子周旋时已有够多麻烦了，没想到现在就在她门口也有人不知如何与人相处了。

"再来呢，再来要抱怨什么呢？"若北讲。

"明天会来这么一封信说：'隔壁有人在呼吸，我们无法忍受，将送来一个终结者。'"

"会罚很多钱吗？"唐娜问。

"他们会把布吉特带走吗？怎么办？"

"怎么办？"若北讲，"我们可以把布吉特送走，可以搬家，可以让它被捕杀掉，可是我跟你讲我们要怎么办——凉拌（办）。"

＊　　　　＊　　　　＊

丹妮和我在整理我的房间，这种事大约每两个世纪会出现一次，通常是因为图书馆借来的书和家里的书混在一起了，罚款累积到了二十五万，不得不把书找出来了。

再不然就是有很重要的东西不见了，譬如我的手表啦，或是十块钱啦。所以我们就把抽屉里所有的东

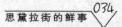

西倒出来，把架子上的东西搬到地上，整个房间好像被炸弹炸过一样。然后我们再一样一样翻，会找到好多我们以前最爱的玩具、游戏盒之类的，都是遗失几百年的。很多丹妮的东西也会出现在我房里，因为她房间比较小，我这里有大书架。

"哇，这是我四岁时每天晚上都要抱着一起睡的小长颈鹿。"丹妮尖叫着。

"我在玩具池里捞上来的水果耳环！"我大喊。（这是老问题了："她大喊"，"他们大喊"。我实在很厌烦了一直用"说"和"讲"，很想找个可以取代的字，不知道吉利安·鲁宾斯坦在用"说"和"讲"时有没有这问题。）

"我收集的死蛾！"（不过有些没死，把丹妮那个线织的米妮鼠咬了个大洞。）

"漂亮手帕！"（就是那种人家送的上头有花和蕾丝的手帕，可是一擤鼻子，鼻涕就射穿过去，毫无用处，所以没人会真的拿来用。）

"我的呼啦芭比！"等等，等等。

法蓝、泽和布吉特进来了，在垃圾堆里挤出个洞就一屁股坐了下去。法蓝马上玩起了丹妮的波莉娃娃屋，布吉特也在舔一只已经一百年的复活节蛋的碎屑，不过泽是来谈正事的。

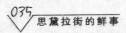
思黛拉街的鲜事

“布吉特和假仙家的事怎么了结？”泽说。

“我很努力想忘掉假仙家。”我大喊，“不公平！人可以抱怨狗，可是狗却不能抱怨人！”

“狗可以咬人。”丹妮说。

“那就死定了。”泽讲。

（这几个可怕的字让我们同时想到一件事，可是没人讲出来。）布吉特还在那里闻来闻去。

“我们可以弄一张请愿书，说我们恨臭假仙家，让大家在上面签名。”丹妮说。

“然后可以干吗？”我问。

“寄到国会去。”

“是啰，太重要了。澳洲政府的女士先生，我这里有份七千亿忠实市民签名的请愿书，说他们恨假仙家。”

“不过我们倒可以写信给那个在《妇女周刊》教人家怎么解决问题的那个人。”我建议。

“是可以，可是那专栏都是关于孩子、男朋友和性的。”丹妮讲。

泽这时突然灵光一闪。

“我们可以写给欧博思曼。”

“给谁？”

“欧博思曼啊，他有点儿像是公理的裁判，我在学

 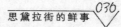

校听过有人讲他。他们双方都不认识，但他会听人家讲为什么吵架，然后跟你说怎样才公平。而且他是完全免费，不必付钱的。"

"本来写信给人家就不必付钱嘛。"

"当然要喽，像律师、法官那种的，如果他们回信给你，你是得付费的。"

就在那时，我刚好整理到上次过生日时人家送我的整套信封、信纸。这简直就是天意嘛！

我们马上到厨房坐下来给欧博思曼写信，大家都吃了香蕉雪泥加特大勺的冰淇淋，希望吃完会想出来怎么讲才好。

我用泽他爸爸的计算机纸背面打草稿，我们整条街的人都是用泽他爸爸的计算机纸背面在写东西的。

每个人都讲出了自己认为最重要的事，我们说若北和唐娜实在是大好人，没想到假仙他们搬进来后很多事情都变样了，还有布吉特大餐事件时我们怎样快速地清理，连一点痕迹都没留下来。我们也写了围墙事件，还有四十七号什么都是旧的，但是四十五号什么都是新的。还有布吉特，大部分都在写布吉特。

然后，就抄到我那带着线条、角儿上还有只飞翔着的蓝色鹟鹩图案的生日信纸上。我抄得非常整齐，

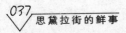

总共有三页长，我写的时候，布吉特还趴在我脚上，好像在帮我一样。它体温很暖很舒服，呼吸很有节奏。

写好后，每个人都签了名。法蓝不小心写错了字，可是我们觉得错就错了，不要擦来擦去，免得把信弄丑了。

我们从电话簿上找到了住址，用超级整齐的字写了信封。然后我用很夸张的动作兴奋地舔了信封。

"我要许愿喽。"我郑重宣布。

"这年头没人许愿了。"丹妮讲，她其实有点忌妒我写了那么好的一封信。"什么许愿都是假的，都是从那种骗小孩的书上弄下来的幼稚把戏，而且反正也一定要有咒语、仙子或是什么神奇的东西才能帮你愿望成真。"

"你怎么知道我没有神奇的东西？"

"你没有。"丹妮说。

"你怎么知道？"

"你就是没有。"

"你怎么知道？"

"你没有。"

"她有。"泽讲。

我们大家都吓了一跳！

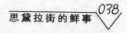

法蓝来解围了。

"让布吉特舔邮票，"法蓝说，"它有幸运舌头。"

"什么？"

"没错，我爸有重要的信时都会让它舔。"

我们于是让布吉特坐在桌旁的椅子上。

"只要它肯舔，这封信就会变成幸运信，什么都会变好的。"法蓝讲。

泽小心地把邮票拿到布吉特的鼻子前。

布吉特像平常那样坐在那边喘息呆笑，愣了一秒钟后它左看看右看看，忽然就倾身向前，好像它本来就很清楚要干什么一样，大口舔了邮票一下。邮票粘到它舌头上，它顺便就把邮票给吞进肚子里。

我们都笑倒在地上，这只惹麻烦的布吉特坐在那里看着我们，一副很自以为了不起的神情。

我们只好找出另一张邮票，这回泽拿得很紧了，它漂亮地又舔了一下。

泽把邮票贴在信封上，我们就一起走下楼去将信投入邮筒。信轻轻地掉了进去，就在信掉到邮筒底下时我无声地许了个愿，我猜每个人都许了个愿，连那个不相信许愿这回事的丹妮也是。

亲爱的上帝：

您能将我的祷告转给阿西喜的圣法兰西斯吗？

 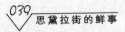

亲爱的圣法兰西斯，实在不公平，可怜虫布吉特什么也不懂，它只是只狗啊。您可以给假仙家来场瘟疫吗？如果布吉特被禁止出声，那不是很悲哀的事吗？每个人都需要声音啊。您是鸟兽的守护神，请您保护布吉特，不要让可怕的事发生在它身上。

海　妮

第 九 章

新 围 墙

围墙事件后来演变成这样：唐娜给假仙的律师打了通电话，说可以，新围墙没问题，可是他们不愿意花这个钱，她和若北愿意自己砌墙。

史密顿先生回了信，说他的客户不喜欢自己砌墙这个主意，他的客户还是比较喜欢交给已经估过价的那家公司来做。

史密顿先生的客户要一面砌得很棒的围墙，不是那种不能保证质量的。

唐娜又打了通电话给史密顿先生，跟他讲他们要砌的围墙是什么样子，何种材料，需要多少时间和费用，她说这费用可是便宜很多很多噢。

史密顿先生又写回信，说他的客户认为价钱一点都不是问题。

唐娜又画了张图，说她的围墙可不是假仙家叫律师在信上说的那种"没艺术品位怪里怪气的俗货"，她

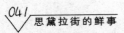

还详细地陈述了若北筑过的其他建筑成品。最后，假仙总算同意让他们自己砌围墙。

只剩一件事没解决，就是围墙的高度。

基本上假仙要的是座六七米高的密实的墙，上头还砌上铁丝和刀片。开玩笑的啦，不过他们是真的要求一座高墙。

唐娜很坚持自己设计的围墙，她恨透了高墙。

她说高墙把里面的人关在里面，也把外面的人挡在外面，而且正面高墙表示一点都不肯融入街上，（四十七号最融入街上了！）她说高墙就像个随时戴着太阳镜的人，如果围墙超过目前的高度，她会觉得简直就是住进了监狱。

接下来又是一大堆与史密顿先生的通话，唐娜从没发过脾气，可能这也是她为什么会被目前这份工作录用的原因。她从不发脾气，要是若北一定会叫他们去死；我老妈呢，会什么话都不讲，不理他们；我老爸绝对会大发雷霆，骂他们自私自利。可是唐娜不一样，她就是这样坚持下去。

最后总算也决定了，墙就维持目前的高度。

唐娜在电话里跟史密顿先生聊成了熟朋友，虽然他没明讲，但唐娜听得出来史密顿先生也受够假仙家那两个人了。

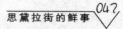

最有耐心的唐娜将墙边的花园挖干净，把花盆和那堆装花的东西搬到后面。她说一定要在春天到来前把这墙弄好。最后，墙边只剩一棵杏树和几丛小灌木。看起来好像大战来临前的空城。

把旧墙拆掉轻而易举，只花了四十五秒钟。

之前，若北还讲："这墙还可以撑五十年。"

砰砰砰！半面墙倒向假仙家那边了。

砌那围墙对我们而言真是大好时光。大家齐上阵，感觉好酷噢。其中最棒的时候，就是在砌什么东西或做什么东西时，我们像一群工蜂，也像《七兄弟的七新娘》（我老爸最爱看的片子）里他们一起盖谷仓时一样。我真爱那种感觉。

砌围墙的时候假仙不在家，当然，代表他们的人你一定猜得出来，没错，就是老好人史密顿先生。他来的时候我们正在吃红萝卜蛋糕。

他的车慢慢爬上了我们的街道，停在四十五号对面。那个人羞涩地看着我们，突然唐娜就跳了起来。

"史密顿先生！"她大叫一声就跑了过去，"我们终于见面了！"

他们握了手，他是来奉命行事的。星期六了，还穿着西装，手拿相机，可是唐娜和他像老朋友一样。

若北说："砌墙的良辰吉时。"

 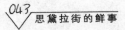

聪明的史密顿先生回他："那要看你站在围墙的哪一边！"

史密顿先生神情不再紧绷后，其实人很好。星期天他来了，就穿着牛仔装，还带了太太、儿子一起来。他喜爱养兰花，虽然兰花和唐娜的花园不太谐调，但他们两个聊得很过瘾。

倪先生开心得像脑壳不怕碰坏一样在旁边钻来钻去，因为他已经弄够柴火，整个冬天不怕脚指头冰冷了。

他在哼唱那首要拍着膝盖边唱边叫的《家在德州》，一边和泽搬着木头、木板到我老爸在锯木头的走道那边。我老爸跟同事借了把电锯回来。

老爸也是脑壳不怕坏掉一样的快乐，因为本来他每天都得坐在办公桌旁，但现在他真的在做事了。我的意思是说，做那种你看得见的事。他很喜欢做木工，只是苦无机会。

丹妮和法蓝帮忙拿东拿西，你猜这时收音机刚好传出哪首歌来？《请看出口》！

丹妮像个机器娃娃那样跳了起来，每个人都停下来看她。几个大人都觉得不可思议，觉得跳得真厉害。

唐娜更快乐，在那么多信件往来、电话沟通后，终于开始动工了。她心头的大石头总算落了下来。

令人伤脑筋的布吉特也很快乐。对它而言，万里长城倒了，它踩着假仙的领土用力地闻着每个角落。

午餐时我们坐在原来围墙的地方，吃淋了很多汁儿的肉派。布吉特这只贪婪小猪，盯着我们吃每一口。

"记不记得莉莲姑婆总会在后面台阶上给布吉特留一碗水？"老爸边说边抚着布吉特的耳朵后面。

"记不记得每次她看完报纸就说现在世界上只有坏消息，她不订了。"若北讲。

"她讲不订大概讲了十五年了！"倪先生讲。

"记不记得她的口头禅'天老爷啊'？"

我们看着那个原来像家的地方，现在竟是敌人的领域了。

"她真是好。"唐娜幽幽地说。

一开始踏进他们的领土时，我们每一步都走得很小心，像有地雷随时会炸开那样。慢慢地，胆子大了，我们都学布吉特，到处找目标，闻来闻去……好吧……不是真的闻的。

反正你知道我的意思。

莉莲姑婆原来后院的草地不见了，全铺上了水泥，上头还摆着看起来很贵的那种花园桌椅。水泥旁

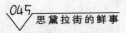

接着是移植过来的雨林植物，还有喷水水管，让院子看起来更有热带风味。

法蓝拉了把椅子到窗户旁，站在上面往假仙屋里瞧。

"喂，别探头探脑的。"老爸说。不过我们都好奇得很。

"喂，过来看！"丹妮大叫，"跟美术馆一样。"

好啦，就这句话，大家都冲过去看了。

我们只能从窗户和窗帘中间的小缝儿望进客厅，房间好暗，跟你猜的一样，里头又白又干净。没有一点儿是正常人会有的东西，没有垃圾，他们住在像杂志展示所示的那种屋里。

还有画儿跟雕塑！

有些画儿镶嵌在那种会让东西看起来显得很有价值的宽宽金框里。你可以随便描一幅加菲猫摆进那框里，人家还是会讲那种很严肃很有深度的话。屋里有好多不同种类的图画、古董画、现代画。有一个很漂亮的金属塑像，是一个男孩拉着一匹马，还有一只很高贵的蓝色花瓶。

倪先生和泽是最后来偷看的人。

"哇！"泽发出了这声音，不自觉地用手指摸进自己的头发里。忽然有静电的声音闪了出来，警铃就响

了！我们每个人都神情紧张，附近的狗全都疯狂地吠叫了起来。真糟糕，好刺耳，不只是烦人，还……很吓人。住在对街的玛莉雅本来正在削马铃薯，吓得切到自己手指。

唐娜冲进四十七号，拨通了老好人史密顿先生的号码。

"不知道什么东西让四十五号的警铃嗡嗡作响，好恐怖的声音。"

史密顿先生说不好意思，他会马上过来把警铃关掉。那刺耳的警铃声大约又响了有二十分钟。

终于史密顿先生来了，警铃关掉后大家都松了口

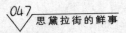

气。可是原来轻松的气氛毁了，每个人都变得很容易生气。

虽然假仙不在这里，可是他们还是能让我们情绪很低落。

我们又开始砌墙了，但是快乐情绪全跑了，剩下的大半天大家都高兴不起来。

第 十 章

人仗狗势

白吉思先生是我们这里专门抓狗的人，四肢发达、头脑简单。他可能是那种在政府机关收了两个礼拜垃圾，后背就受了伤的那种人，市政府只好把他调到目前这职位。在这之前他可能是个小混混，在那之前他可能是在那种危险的不良笨少年帮派里负责揍人的人，更早前，在学校，他是那种专门欺负同学的人，一定是。

他有又大又红的鼻子，很坏的脾气，而且一点都不喜欢动物。他拉拉那条啤酒肚下的蓝长裤，哼哼啊啊地清喉咙，好像那里哽着什么东西一样。

"苏太太，我是市政府派来的捕狗人，"他很得意地说，"我来警告你，我们接到很多对你家狗的投诉函。"

唐娜轻轻地叹了口长长的气："要进来吗？"

"不用，谢谢。"

 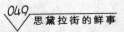

"我猜都是我们邻居的,对不对?"唐娜指的当然是四十五号。

"没错。"白吉思一副沾沾自喜的样子,"他们是抱怨得最厉害的一家,没错,但他们不是唯一的一家。"

听到还有其他人投诉,唐娜吓了一跳,大部分思黛拉街的人都是站在若北和唐娜这边的。

"没错,你的狗一直在叫。清晨、深夜,好像还有中间所有时间也是。"白吉思先生依旧是那副沾沾自喜的神情。

唐娜很清楚,这个"人仗狗势"的白吉思先生是不可能站在她这边的。再多的解释、借口、争执只会增加他的满足感。

一直被关在屋内的布吉特这时也走到前门来看看究竟发生了什么事。

白吉思先生进门时没有顺手关门。

布吉特冲身过去,还好唐娜身手矫健,一把揪住了它。

在唐娜手中的布吉特还是看到了大开的门,它扭啊扭的,扭啊扭的,扭开了唐娜的掌握,冲出大门,跑向四十五号。

"我建议你为那条狗的将来多着想。"

"什么意思?"唐娜蛮凶地问。

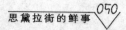

"我只是说，最近罚款又涨了。如果我在这附近街上逮到那条到处晃荡的狗，罚款是一百五十元。苏太太，那是你得缴的，这就是我的意思。"说完，他满意地拉拉裤子，走了。

第十一章

失望的回信

这段时间，每晚我放学回家时，总会看看有没有欧博思曼的回信。我真的很希望他能给我们好的建议，尤其是关于布吉特的这点，这样就天下太平了。

法蓝跟若北说，我们写信给欧吉桑了。

几周后，总算盼来了他的信。

信末手写的几句话让我们感觉很好，给了我们很大信心。

"真是帮大忙啰！"丹妮讲。第二天我又把信给泽和法蓝看。

"不是有布吉特的幸运舌头舔过吗？"泽说。

法蓝看起来有点郁闷。"它的口水可能不灵了。"他伤心地回答。

布吉特还是对着我们笑。

来自欧博思曼的祝贺：

澳大利亚白灵顿市乔治街 412 号七楼

电话：（03）4193781　　　传真：（03）6294883

亲爱的海妮、泽、丹妮、法蓝：

　　事由：思黛拉街 45 号和 47 号

　　我的工作并无涵盖邻居间或狗的纠纷。我的主要案件是处理对州政府或市政府行政的抱怨。免费服务电话是 6070324，您可要求法律上的援助。

诚挚的欧博思曼

　　P. S. 我希望能帮上忙，也许你们附近有有经验的人可以给你们建议。我建议你们离那邻居远一点，不要惹麻烦，听你们父母的话。对了，那封信写得很好。

　　"失望第 5001 号。"丹妮讲。

第 十 二 章

又 遭 投 诉

唐娜,唐娜,你会被活剥生吞;

他们会把你逮去给史先生密顿!

丹妮 作

唐娜花园里的生命使她又生龙活虎起来。修补、种植、搬东搬西,准备春耕。每天早上天没亮她就起床了,好在上班前能在花园种上两小时。

"真漂亮,第一道晨光里的花园。"她说,"充满生气。"

唐娜就穿着她那套工作服,嘴里哼着歌,听着鸟儿啾啾,任布吉特在她脚边跑来跑去。太阳公公每天那么早张开眼睛时,一定很期望瞄到这个小人儿蹲在那里工作。

新围墙看起来很原始、很新,尤其是在唐娜他们的老屋这边。唐娜站在每个角度研究这堵围墙,然后又去翻翻她的园艺书。有一天下午她下班回来,带来

 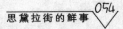

六张不同颜色的油漆卡,是彩虹的颜色。

"妈要给围墙上漆了。"第二天,法蓝这样宣布。

"什么颜色?"

"两个颜色。"他说。

带法蓝回家时,我们问唐娜:"你要把围墙漆成什么颜色?"

她给我们看了油漆卡。若北从唐娜身后瞄到了卡片。

"老天爷!你疯了啊!"他说,"你纯粹是在惹麻烦嘛,假仙怎么可能接受。我警告你,你这样漆,他们会发疯。"

"又不是漆他们那一边。"唐娜回答,"再说,他们反正早就疯了!"

若北说:"我只知道,粉红色会让人发疯。"

"那才不是粉红色呢,是洋红色。"唐娜说,"这是快乐色,很棒的色调。在最前面种雏菊的那段,我会漆希腊天空那种蓝。"

唐娜很坚持用这些颜色。

"他们那边是他们的事,我们这边是我们的事。"她讲,"不过就是面围墙嘛!"

我们这些小孩都同意唐娜的说法,她挑的颜色比那些人家通常用来漆围墙的无聊的墨绿、乳白、棕色

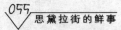

有趣多了。

"赞成,妈,"法蓝讲,"看起来一定很酷噢。"

"在洋红围墙前,我会种一棵紫色九重葛。"她用一种不会改变主意的语气讲。

若北搔搔自己的头,再也没说啥。

*　　　　　*　　　　　*

若北帮忙油漆围墙的准备工作,也上了底色,可是等到真的要上颜色时,他就溜走了,留唐娜和我们这些孩子自己来。真是太酷、太好玩了。

我们都穿着旧牛仔裤、毛衣,看起来很邋遢。唐娜还拿条领巾包着头,看起来像老太婆。

她从车库里提了两大桶油漆出来,桶子外面只简单地写了颜色的名称——"卡蜜拉"。(不知道"海妮"会是什么颜色。)我们在地上铺满了报纸,然后唐娜用改锥撬开了油漆桶的盖子。那油漆看起来像很油腻的牛奶。

"需要好好搅一下。"她讲。

我们每个人轮流搅五十下,搅完就休息,因为手臂酸了。搅匀了之后,那颜色变成很浓的乳色,洋红乳色。

"少了什么东西!"法蓝讲完就跑进屋子里,然后

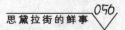

从厨房窗子扔出了一团电线,又带着录音机出来把它插上。马上,《吉卜赛王》的曲子就传遍了整个后院。

"这种颜色就需要这种音乐!"他说。

丹妮站起来跳着吉卜赛舞。

不用讲也知道假仙不在家。

我们在围墙底下铺上了旧窗帘,接着好玩的就来了。漆上去的油漆像融化的奶油一样。

"怎么会有人不爱这颜色!"唐娜说,"这是度假的颜色。"

"还有花的颜色。"法蓝讲。

"沙漠里日落的颜色。"这是我说的。

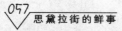

"化装舞曲的颜色。"丹妮讲的。

"布吉特的尾巴！"泽说，"真像小丑！"

布吉特对着我们笑，疯狂地摇摆着它沾着粉红油漆的尾巴。

还好，有两大桶油漆，因为大半的漆都没漆在围墙上，都在我们身上、在杏树上、在地上、在旧窗帘上、在法蓝手臂上，等等，等等。

住在街底的可蕾也跑来漆了一阵子，到她要去上班才走。她是个护士。

接着倪先生也来了，他刚从人家的葬礼上回来，身上还穿着很体面的衣服，所以只敢远远地坐在离我们这边有段距离的厨房高椅子上。布吉特一定不理解，他怎么不过来和它玩呢。

他说："这颜色让我想起了一件衣服。"

可是，他又不肯说是怎样的一件衣服。

中午，我们要了匹萨，还有香蕉巧克力冰淇淋。

我们将围墙整个改观了，那简直就是件艺术品。最后漆上的是蓝色，是蔚蓝色天空的那种蓝。

我们才漆好，若北就出现了。

"哇！"若北这样咽下了所有的颜色，"只差一件事了，就是写上'欢迎假仙回家！'"

唐娜捶了他一下。

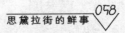

＊　　　　　＊　　　　　＊

那晚，唐娜、若北、法蓝都到我们家来吃饭。

我听到唐娜跟妈妈说："心情好时，我起床时就会觉得没关系，我能坚强地去忍受隔壁那两个笨蛋。可是心情不好时，我又会很低落，布吉特也很担心。"

我还听到若北跟老爸说："我只知道她这回坚持一定要用这些颜色，以前她都是最好商量的，也许这是她还击的方法。那两个笨蛋，你也晓得，有一天我们家外头没地方停车，我只好停到他们家前面，结果我回来时，卡车挡风玻璃上夹了张好大的纸板，上面写着——'别停这里！'好像那条街是他们的一样！白痴占地狂！"

"上礼拜，我修了我们的李子树，暂时把剪下来的那些树枝放在后面巷子，等有空儿我就会拉走给发尔烧掉。没想到，突然那些树枝又被扔回我们院子里，有人从围墙那边把树枝都扔过来了。三天后，被打败了，老好人史密顿先生的律师函又来了，说请别把树枝丢在后面巷子里，这样会刚到他客户的车子。"

＊　　　　　＊　　　　　＊

没错！若北讲得没错，保证。假仙有一个特点，就

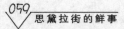

是——绝对不会出你意料之外。只要有可以投诉的地方，他们绝对会投诉的。

假仙也许会喜欢唐娜选的粉红色，可是一眼望去，他们只看到叫他们冒火的红色！

围墙才漆好五天，律师的信就来了，来投诉颜色的。

这回是个新的律师，叫派瑞先生。可能史密顿先生不够凶，可能他的心不在工作上，可能他叫假仙滚蛋，可能他收费不够高。谁晓得。

反正通过律师的信，假仙又教了我们什么是可以做的，什么是不能做的。我们根本不知道还有规定，规定你家跟外头的东西有的颜色能漆，有的不能。看起来唐娜可违规了。

派瑞先生讲得可清楚了。

派瑞律师

蔼蓝屋 3779 号 POBOX1311 电话：7499111 传真：7499198

受文者:白克山庄思黛拉街47号

亲爱的先生/女士：

　　事由:外观油漆颜色——思黛拉街47号围墙

在此通知您，我的客户指出，下面事件已通知白利玛市政府。

 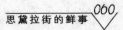

一、依照郊区保护控制法指示，屋主在油漆大片屋外区域时，应先对市政府提出颜色申请。

二、(a)您选择的颜色与白克山庄计划条款第25L主旨不合。

(b)您选择的颜色与此区景观、特性不合。

(c)批准此颜色将与保护控制法冲突，影响此区未来发展。

三、如果物主继续挑战市政府对……需要上诉……

等一大堆啰啰嗦嗦的话。

唐娜又试着打电话，但一直无法与派瑞先生联络上。他是个很忙的人，不是在开会，就是在另一条电话线上，要不然就刚好出去了。唐娜一直留话给他，可是他都没回。

我们给派瑞先生取了个新名字，叫作滑头先生。

第 十 三 章

新车，又是新车

最新消息！最新消息！

你已经知道假仙有辆新车，银色的，是班特利的螺旋，流线、优雅。结果呢，我的读者，那辆一定是怎么了，一定有什么不好，一定是椅子上发现了根头发，或是方向盘上有点灰尘。我们可不要一辆有灰尘的车子是不是啊，达……令？反正啊，那辆车"再见"了。

他们又买了辆新车，是奔驰 S 级的。我们看着他们乘着那条新的灰色蛞蝓"滑"了出去。事实上是我们认为我们看着他们"滑"了出去，那上面都是深色玻璃窗，所以里面是谁根本看不见。只不过很不幸，我们相信还是他们两个。

我们就打电话给车店。

"我想询问奔驰车的价钱。"泽用他最像收音机里主持人的声音问。

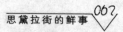

"新的还是旧的？"总机问。

"噢，当然是新的。"泽回答后就被转到推销员那边。

"午安，先生，请问什么事？"

"我们想要买辆新车，"泽说，"一辆全新奔驰S600加上所有配备大概要多少钱？"

他问："什么配备都要吗，先生？"

先生回答："是的，S600和所有配备。"

推销员："算整数差不多是三十五万六千元。"

先生说："谢谢你大好人，请给我四辆！"然后就挂掉了电话。

三十五万六千元一辆车！只为了让身体可以动来动去。

泽说："这钱可以买两间房子！"

怎么会有人花这么多钱买那么无趣的东西？那车看起来又不怎么样，没有流线翅膀，没有漂亮外形，没有电视，没有按摩浴缸，没有甜甜圈机器，没有任天堂，没有饮料机，只是两吨重难看的金属。

"可是，"泽讲，"有了那么一辆车，不管去哪里，你真的都不用再走了，不用再撞见不想见的人……"

"譬如说，我们。"我解释。

"……不必再跟根本无法交谈的邻居在走道讲话

 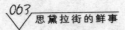

……"

"譬如说，我们。"

"……你只需轻轻滑过。"

想想看，用那些钱你可以做些什么。

我们实在好奇死了，想知道那辆旧的新车到底怎么了。

谁会这样无聊？

第十四章

捕狗人出击

若北回到家，坐下来，喝了一杯茶。四周安安静静的，好像不太对劲。狗呢！布吉特呢？走到后院，布吉特呢？布吉特呢？没有那只小黑狗哒哒走过的身影。布吉特呢？布吉特呢？会是它又把自己关在狗屋里了吗？没有。若北沿着围墙绕了一圈，也没有被挖过的痕迹，围墙下没有洞。啥也没有，没有任何逃家的痕迹。布吉特呢？布吉特呢？

唐娜下班回来了，我们和法蓝也下课了。

因为又生气、又担心、又害怕布吉特会出事，若北和唐娜大声骂来骂去，我们从没见过他们这样大骂。

"我上班时，前门是关着的，你出门后有没有关？"

"我每次都会关上的！"

"我也是每次都会关门啊！"

"可是它还是跑出去了！"

"你认为出了什么事？"

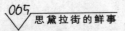

"你呢？觉得出了什么事呢？"

"见鬼，我怎么知道出了什么事！"

唐娜没再骂下去："听着，我们两人都关了前门，几年来我们每天也都有关门的习惯，当然有可能我们今天忘了关，但可能性不大。"

他们两人都静了下来。

我们在街上前前后后地找狗。布吉特呢？布吉特呢？

没看到小黑狗。住在下面街上的可蕾和维可太太也帮着一起找，布吉特走这条街像走在家里厨房一样，怎么可能搞丢呢？从来没发生过这样的事啊。我们开始胡思乱想了，连车下、大垃圾桶后和树丛下都找，说实在的，也还真怕在那里找到什么。这感觉很可怕，如果你曾弄丢过宠物，你就会了解。

若北回家想改骑自行车，好能找得远一点，结果刚好接到一通电话，是那个"人仗狗势"的捕狗人白吉思打来的。当然我们也曾想到他，只不过不想那么快找上他。

"苏先生，你的狗在我们'流浪狗之家'这边，请你来把它带走。"

每个人都松了一口气。到了市政府的"流浪狗之家"，我们看到布吉特自己躺在大狗笼里，那长长的

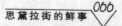

鼻子往前伸，头摆在前脚上，双耳下垂，眼睛里有千言万语，很悲伤，很难过。

它一看到我们就跳起来大叫，快乐得猛摇尾巴。

若北缴了一百五十元把它赎回来。布吉特对于重获自由，还引来这么大批人的关心显得相当激动。

"他们有没有给你们开警告？"妈问，"就是那种说'这回特别开恩，别再让此事发生'的那种单子。"

"还用说吗？"唐娜讲，"那个'人仗狗势'的白吉思还会错过这机会吗？别想！他罚我们最高价一百五十元。"唐娜叹了口气说，"我修缝纫机的钱飞了。"

"吸血狗！"若北讲，"现在怎么办？前门要加个锁吗？我们不能老是去付一百五十元的罚金啊。只有假仙家才有那么多的钱。"

我们忽然都想到，有人可以轻易地将他们前门拉开，让狗跑出去后，再关上。

当然我们都不确定，但每个人都想到了。

第 十 五 章

海边野餐

"就这么办！"老爸讲。

每次他那样说"就这么办"的时候，一定有什么事要发生。这样，或那样的事。

"够了，够了，"他说，"我们被那群白痴整得够惨了，现在我们需要点儿快乐的事。下礼拜天我们有什么活动吗？"他披上了夹克。

"没有！"妈大声回答时，老爸已走出大门。

大约一小时又四杯茶后，他回来了。

"一切安排就绪，下礼拜天我们到思丽特海边野餐，若北、唐娜、素素和谛博、我们，还有倪先生。"

我们最好的老爸，没错，他说得没错，我们需要点儿快乐的事。

妈说："得赌运气，冬天去思丽特海边？如果气温太低的话，会很阴沉的。"

"别担心，"老爸说，"我什么都安排得好好的，晴天清风,二十二摄氏度,中浪,蓝天无云。"

*　　　　　*　　　　　*

周一:冻死了,豆大的雨。

周二:酷寒,倾盆大雨。

周三:冻死了,狂风暴雨。

周四:酷寒,直的、横的、斜的雨。东部淹水。

周五:二十三年来最低温。大水。

周六:缓和后的倾盆大雨。

周日:猜到了吧! 雨全下光了。

*　　　　　*　　　　　*

思丽特海边的潮水已经退了,懒懒的、白蓝色透明的海浪轮流拍打着沙滩,轻轻滑上来搔着海岸。沙滩被洗得干干净净,最蓝的蓝天上只挂着四朵白云。

我们早已忘了蓝天是什么模样。

丹妮在那一片明亮如镜的湿沙上猛翻筋斗,她把手臂伸展出去,像旋转的风车那样直翻到头晕倒在地上为止。

整个沙滩都是我们的。

布吉特冲出了车后就直奔海滩,在沙上跑出了大大的圈子,像只发狂的小小狗一样,在那里猛叫、猛

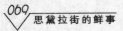

跳，两耳平平地伸向后头，竖直了尾巴在那里发疯似的跑。特别高兴时它都会这样疯，尾巴莫名地卷起来。我们都明白它心里在想什么，这样的沙滩让我们都解放了。

我们从车里搬出了小冰柜、野餐篮和大毯子，将东西都摆了出来。倪先生拿出了自己酿的酒，一边讲着最不好笑的笑话。他的笑话都太假了，又很不会讲，结果害得我们都笑破了肚皮。

老爸提供了他最爱的香肠，是从市场上那个卖六十二种香肠的摊子买来的，那边有鳄鱼的、食火鸟的、大袋鼠的香肠，还有（若北说的）狗的、猫的、蜥蜴的、老鼠的、蛇的、小袋鼠的、长筒靴的、割草机轮胎的香肠等等，等等。

唐娜提供了她最有名的、可媲美店里品质的香蕉蛋糕，上面还有一大层厚厚软软最诱人的巧克力糖粉。

"我可以负责舔掉这层糖粉吗？"法蓝问她。

"我烤蛋糕时，你就已经舔掉一半的糖粉了。"唐娜笑着说。

泽闭着眼睛，面带微笑，脚趾在沙里钻着。过去几天他都得穿三双袜子外加一双全新的靴子。光脚，凉凉的细沙流过趾间，暖暖的阳光穿过裤子，传进了冬天白白的皮肤里。啊,愉悦啊!啊,幸福啊!啊,天赐的喜悦啊!

大人都围躺在毯子上,空啤酒罐、酒瓶散在四周草地上,看起来好像醉鬼狂欢一场后的场面。除了嘴唇外,什么都没有动。

唐娜将若北光光的背当枕头躺着,又拿来若北的T恤罩着脸。

那样子让我想起有一次冬天,在一个出太阳的日子我们到动物园,所有的动物都散开躺在石头上,像晒衣服那样摊着,好像只要能抢到一点阳光都好。

布吉特真像上了天堂一样,它翻遍了每个垃圾桶,拖出了一片只吃了一半的烤羊肉,大约是一个月前人家丢掉的,在那里啃了大半天,然后也摊在阳光下。一只海鸥落到它旁边站着,布吉特睁开了一只眼,斜眼瞪着那只鸟。

它在想:"该追这鸟吗?"然后又闭上了眼睛。这

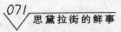

才真是名副其实的放松呢!

所有大人也差不多都是这模样。偶尔,我会跟他们搭上一两句话。

我们在旁边盖城堡,一下子,清风就会将他们的声音轻轻传过来,还夹杂着很愉快的笑声。

"……真想不通……那些钱都哪来的?……你觉得他看起来像赚干净钱的吗?……那女主人太神经质了……老天保佑,还好,他们没小孩……会是神棍吗?……你会给他们寄钱吗?……"

猜对了没奖,谁都知道他们在讲谁。

然后,我们又把一些沙都推到身上假装是坐在车里,嘴里发出一种很吵闹的赛车声,假装正在参加一场疯狂的沙滩大赛车。(我不能再一直用"一些"、"一种"这样的字眼了,每次字开始讲不清楚时,我就会这样!唉,真糟糕!)

若北走了过来,头戴一个大贝壳当作安全帽,跟我们挥挥手,然后坐下来用沙在他身上堆出了很大一辆蝙蝠赛车,我们叫它是若北车。然后他就装作一副以时速一百万公里的速度在飙车的模样,忽然失控撞车了,他被抛出了车外,死死地一动也不能动了。

唐娜过来说,他还是该得冠军,说着就抓了一大把湿漉漉的海草藤当作冠军花环往他身上扔。突然

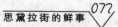

若北又活过来了，追着她跑到海滩的另一头，她就把他推进海里去。

那真是最快乐、最白痴的一天了。丹妮又开始收集宝贝了，多半都是在石头旁被磨得晶亮的玻璃、贝壳、海葵，还有一种日本软木塞。好多贝壳上都有洞，可以戴在手指上，可是很容易破。我们大家就撞来撞去，一直换人撞，边撞还边说"跟你离婚了"和"你愿意（娶）嫁给我吗"。

你也知道，人到了海边会变怎样。你本来只是要去踩踩海水，结果衣服泼湿了，就干脆下去游泳。海水真是冰死人了的冷，来自南极，直接由塔思玛尼亚左手边冲上来的。

不过，等我们爬进了被太阳晒了一天的暖暖的车后座后，就觉得就算被冻成冰块也是值得的。车座椅真烫，我们还得坐在大浴巾上。

回家路上，我们停下来坐在那银色海浪边和那只有用诗才能形容出来的夕阳美景下吃鱼和洋芋片。这天真是太快乐了，快乐到那些我们不愿意提的人好像都不重要了。我们一路唱着歌儿回家。

法蓝靠在我肩上睡着了，我们唱的那些傻瓜歌让我想起了上幼儿园的日子，那时生活真是简单无忧啊。

"真是天赐的一天啊。"老爸讲。

第十六章

神 秘 失 火

一周后的星期一早上下课时，泽对着我直直走来，走得很自然，不过他挥挥手，意思是叫我停下来。他的脸是天生就爱笑的那一种，不过这天在他脸上，却多了点奇怪的表情。他拉住了我的手臂。

"快，到科学教室，我有事跟你讲。"

科学教室静悄悄的，我们坐在靠近鱼缸的角落。泽倾身过来，讲得声儿很小。

"有人想把假仙家烧了，他们说是我们干的。"

"胡扯！"我一下子专心起来了。

"我也希望我是胡扯的。"

"真的？"

"真的！"

"海妮，有人在他们后门下塞了一大堆纸和旧布，还在上面泼了汽油，然后丢了一根火柴。"

"真的吗？我不相信。烧了哪里？"

"烧了门下面、阶梯，还有一点点的后墙，热水器也烧坏了。假仙先是愣住了，然后发火、发疯，气得跳脚，说一定是我们干的。"

"什么？……乱讲，我们什么时间去烧他们家？"

"星期天晚上——昨天晚上。"

"神经病，我们……我们正在干吗？"

"我们在玩'电你'，海妮，我们跳入黄河也洗不清了。"

"天啊。"

我的心好像穿过鞋底，直陷入了泥巴里。

有人走进科学教室了。

"不能在这里讲话了！"泽说，"你去通知丹妮。我得走了！"

我没办法通知丹妮，妈已经先把她接去看牙医了。

＊ ＊ ＊

星期天傍晚，我们帮唐娜把一棵植物给潘洛可婆婆送过去，她是大家的老朋友了，住在亚柏飞笛街，走路过去大约要十分钟。

回来时我们经过公园，遇到了布朗家三兄弟——伟恩、捷森和库思。他们三个老是闯祸，所以没多少人会相信他们说的话。不过，踢足球时情况就完全相反

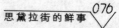

了，每个人都对他们大喊加油，因为他们像拼命三郎一样，勇往直前、不怕危险。可惜人不会忽然从那种拼命的个性变成温文尔雅的书生，至少布朗家的兄弟不会。

他们是野了点儿，但还好啦，所以爸妈从没真的跟我说："别跟布朗家那三兄弟玩。"可是我猜得到，他们不太希望我们跟他们有任何瓜葛，附近甚至有些孩子会怕布朗三兄弟。我真替布朗他们难过，因为老师、大人老是挑他们的毛病，有时候根本就不是他们的错嘛——虽然大多时候是。

库思拿了把新手电筒在找一种小老鼠，那把手电筒的灯光很酷，我们于是决定一起玩"电你"。要不是我们答应要直接回家的话，昨晚实在是玩"电你"的最佳夜晚。

"电你"是我们在学校露营时学来的最好玩的游戏。你需要一个黑黑的晚上，一个像公园这样大又没小树丛、没有杂七杂八东西的空旷空间，你还需要一群小孩跟一只好手电筒。

当"鬼"的人要带着手电筒站在空地中间，每次开手电筒只能开一秒钟。你偷偷地溜到鬼附近，如果摸到鬼了，就换成你当鬼。鬼要在黑夜里耳听八方，如果鬼听到你的声响，就赶紧用手电筒的灯光照你。

这游戏玩起来又神秘、又安静、又刺激。你会听到夜晚的所有声音，像咕咕、叽叽、嘎嘎、沙沙。有人像突击兵那样，突然拼命地冲上去，我自己喜欢慢慢地、偷偷地滑过去，低着身子不能碰到树枝或树丛，在空地上平平地趴着，在人家最想不到的地方偷袭。

冬天天很早就黑了。

这就是星期天晚上我们答应大人要直接回家时，在外面做的事情。

*　　　　*　　　　*

放学后我得练习无板篮球，因为一直担心回家后不知会发生什么事，我打得心不在焉，不断掉球。还好丹妮去看牙医，就是说要等很久，所以我猜老妈和丹妮会很晚回家。老爸也不会太早回去，那天他到悉尼去了。

我刚一踏进家门，妈就用紧绷的声音跟我说："海妮，警察要你和丹妮上一趟警察局，说是假仙家被火烧了一个洞。"她站在那里看着我说，"你们这些孩子搞什么鬼啊？"

"没有，妈，真的，我们没做什么坏事！"

天几乎完全暗下来了，路上有人用车头灯照妈的眼睛，因为她忘了开车灯。我们两个坐在那里，各自

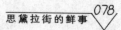

想着心事。

到警察局后，素素、谛博带着泽，唐娜、若北带着法蓝正要走出来，没有笑容，没有玩笑，脸都拉得长长的。唐娜看起来筋疲力尽，谛博看起来让我感到心酸的苍老，他摇着头说："我搬到澳洲来，为的就是不要再跟警察局打交道。"他是个最和气、最绅士的人，这话是什么意思呢？

"待会儿来我们家。"我们要走进去时谛博这样说。

警察局柜台上挂着坏人的通缉海报和失踪人口的照片，从那灰灰的旧照片上你知道那些人其实早就死了。警察局好冷、好冰、好吓人。

"欧太太吗？"柜台那边的人在问。他有条宽宽的黑皮带，上面挂了大约有半吨重的警徽，还有把引人注目的枪。他拿起电话拨了号码："达夫，你要的两个女孩来了。"然后转向了我们说，"马上就来。"

侦探大人华达夫警官出来后就先介绍了自己。他身上穿着一套很醒目的灰色西装，不是警察制服。他看看丹妮、我和妈妈，然后仔细地在册子上写着我们是谁、时间、事由等等。

"跟我来。"他领我们走过一条地板被踩得油亮的走廊，走过了被捶得歪七扭八的柜子、标志和记事

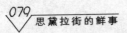

板，走过了房间里许多书桌旁，走廊弯来弯去。里面唯一比较好看的东西是一本运动明星月历。因为走廊很窄，我们不能并排走。最后，终于来到了一间小小空空的房间，里面有一张破旧不堪的木头桌子和几张黑色破皮的椅子。天花板很低，房间只有一个颜色，就是灰的。房间里只有一个比较引起我注意的东西，是一台怪怪的录音机。如果有什么地方和唐娜的花园刚好完全相反的话，一定就是这里了。

　　华警官让丹妮和我坐在离桌子很近的地方，这样才便于他录音。这台银亮色的大录音机可以同时录三卷带子，妈妈坐在丹妮旁边。他关上了门，打开了录音机。他先对着录音机讲了一下这次录音是关于什么事的，然后就转向了丹妮。

　　"丹妮，跟我讲讲星期天晚上发生的每件事。"

　　"我们到潘洛可婆婆那里去，她是老朋友了，我们送给她也是好朋友唐娜的植物。"

　　"你们在那里待了多久？"

　　丹妮看看我，又转回华警官的方向。

　　"很久很久。"

　　我浑身热了起来，觉得很不舒服，不知道该不该打断她的话，说她在讲谎话。她知道我们昨晚不该去玩"电你"的。

 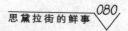

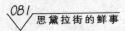

他还问我们大家是几点碰面的，是谁提议要去的，我们走哪条路去，路上有没有发生什么事，路上看见了什么。

录音带一直在动，我看着带子一直转，看着丹妮的谎话被录了三次。

"……我们就说：'再见，下周见。'然后就回家了。"说这话前，丹妮撒谎说我们在那里喝了下午茶，吃了海绵蛋糕，还一起看了潘婆婆的旧照片和一把上面有条大鲸鱼的象牙摇扇……这些其实是上一次去看潘婆婆时发生的事情。

"你们就直接回家了吗？"

"对。"丹妮又在看我了。

"谢谢你，丹妮。"华先生讲。

妈妈直挺挺地坐着，一双手紧紧地抓在一起。她看起来好可怜，真不公平，要我们接受这样的问话，我对假仙他们很恼火，这本来都是他们的错嘛。

"这才是真正发生的情况。"我用很清晰的声音大声说，希望录音机能录清楚一点。

"我们到潘婆婆那里，可是只待了五分钟，因为她正要出门。我们把植物交给了她，聊两句后就离开了。丹妮讲的是两个礼拜前我们去看她时发生的事情。"

"噢，我记错了！"丹妮讲完后就跳了起来，双手插在屁股上，像爆开的软木塞瓶子一样，"那假仙他们呢？他们怎么对待布吉特的！谁都讨厌他们那副臭德行！我们希望他们的房子烧个光光的，希望他们也烧死了下地狱去。可是我们只敢'希望'，没胆做！"

妈妈轻轻地抚着丹妮的手臂，抱她坐了下来。丹妮脸上怪怪的，我知道她在强忍着眼泪。

她是宁可死掉，也不会哭出来的人。

华警官看她看了好久。

虽然她在忍泪，但她还是直直地盯着他眼睛看。

他就转过来看我了。

"那么，海妮，昨晚六点到八点之间，你们人在哪里？"

"我们在公园玩。"

"那么暗了，"华警官说，"什么游戏能摸黑玩？"

"没错，"我说，"玩'电你'，是用手电筒抓人的游戏。"

"所以你们带了手电筒？"

"对。"

"你的吗？"

"不是。"

"是泽的吗？"

"不是。"

（别人不知道跟他讲了什么，他知道了些什么？我实在不知道谁知道什么。）

"你妹妹的？"

"不是。"

"好吧，到底是谁的？"

我傻住了，我不想说是布朗兄弟的。

"我不知道。"

这话才讲出来，我就知道失策了，我说了谎，他也看出来我在说谎。他盯着我眼睛，我不敢盯回去。

"这样啊。"他说。

"你们有几个人在玩'电你'？"

"泽、丹妮、我、法蓝……嗯，还有布朗家兄弟。对啦，我想起来了，是布朗家库恩的手电筒。"

"是布朗家库恩的手电筒？"

"对。"

"你确定你们一直在那里？"

"是。"

"可是那么暗，如果谁溜掉了，你们也不会察觉。"

"不会，我们全在那里。"

"你们玩'电你'玩了多久？"

"我不晓得，可能一小时吧。"

"你们在大约六点十五分离开潘婆婆家，玩那游戏玩了一小时，但差不多八点才回到家，你说这样是一小时吗？"

"嗯……玩'电你'时很难算准时间的。"

妈妈原来一直不吭声，这时她倾身向前，用尖锐的声音开口了。

"这越来越像在审问犯人了。"

"对不起，欧太太，我只是得澄清一两件事。"

他又转向我了。

"在公园时有没有人看到你们？或者你们有没有看到谁？回家路上有没有遇到谁呢？"

我努力一直在想有没有谁或什么事可以值得讲，可是想不出来。

"没有，我不记得有谁。"

然后他的眼睛一直盯着我，又一再问我玩游戏的情况：玩的时候怎么样了？谁最先当鬼？泽有没有当过鬼？泽有没有靠近过你？法蓝当时人在哪里？那只手电筒像什么样子？"电你"后来玩成怎样？

终于他闭嘴了。

"好，海妮。"他关掉了录音机。

他看看手表，半躺在椅子上，手臂在胸前交叉。他西装打褶的地方怪怪的，在那两只手臂下面，一定藏着东西，搞不好是把枪呢。他再说话时故意很用力地看着我。"布朗兄弟说他们当时人在戴家，戴先生

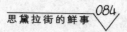

已经证实他们说的话了。"他停下来，让我咀嚼他说的话，"而且我们在着火现场找到这个。"

在他手上，在一个封住的塑料袋里，贴着字条，是泽的那把红色梳子。被火烧弯了，但错不了。

"为大家好，小姐，请你再好好儿想一想你的故事吧。"

这点是最恐怖的。

有差不多很短暂的一秒钟，我真的觉得可能泽偷跑回去烧掉假仙家。但实在是不可能的，他才不会这样做呢。我怎么也会这样想呢？而且，他明明是在跟我们玩啊。

可是这个侦探大人问话的方式、建议的可能性、那些狡猾的问题等，还有手臂下的那一把枪、那一双子弹一样的眼睛真的让我开始怀疑事实。

"我们再联络吧，欧太太。我们将来还会需要她们再来回答几个问题。"

第十七章

缺乏不在场的证据

我们到泽家时，大家都围在厨房那张破桌子旁，坐在椅子和凳子上。他们回家前买了两个匹萨，我实在饿坏了。

"真是打发星期一晚上的大好方法。"唐娜讲，"在警察局里，让警察向你们小孩问话。"

"吃匹萨吧。"素素讲。

可怜的老爸最晚回家，他看到我们留在桌上的字条才赶过来。早上他出门到悉尼时天才刚亮，现在他看起来实在疲惫不堪。他的头在剧痛，素素给了他一片阿司匹林。

他听大家讲这件不幸的意外，当听到还扯进了布朗兄弟时，叹了一大口气。

"胡搅瞎搞！"他双手揉着头。

"什么意思？"法蓝偷偷地问。

"不好的意思。"泽说。

素素在那里按摩着手腕："……实在令人愤怒！"

这个我听懂了。

"意思是说令人发狂！"我跟其他小朋友讲。

每个人都在生气。

我们都知道大人要骂我们什么，他们也都知道我们会怎样反驳，可是大家还是得把话都拿出来讲一遍。

"你们应该直接回家的。你们也答应了，记得吗？"

"我们本来要回来了，可是那样好的一个晚上。"

"你们知道不该晚上了还自个儿在外面晃。"

"我们不是自个儿，也不是在晃，我们总共有七个人，'电你'人少又不能玩……"

"……我们都没什么机会可以玩'电你'。"

"我们都告诉过你们，晚上别在外面逗留。"

"可是昨晚又不冷，昨晚的'电你'是我们玩过的最好玩的一次。"

接下来又是那句老话了："以后我们还能相信你们吗？"

"可是我们又没做什么坏事。"

"还有，关于布朗家兄弟……"

"他们真的没有那么坏。"我说。

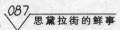

"你们也晓得，他们就是会惹麻烦！我们也跟你们讲过别跟他们太接近。"

"你们没有真的说要我们别跟他们玩，我们怎么知道？"

"我听说上次在'时区'那边，他们不知做了什么事，被正式地警告过了。"妈讲。

"难怪，"谛博说，"原来他们已有麻烦在身，难怪不愿再惹麻烦。"

"他们又没做错什么事。"法蓝说。

"鬼才会相信。"老爸讲。

"好啦，你们也学到个教训了，"唐娜说，"别想靠布朗家兄弟给你们证明什么。"

吃了匹萨，又这样被骂一顿后，我们都觉得好过一点了。

泽和法蓝在警察局时都讲了实话，好玩的是，听说法蓝那时肚子一直咕噜咕噜叫，华警官也在笑。我们想到他们到时听录音带的样子，又大笑一场。

我们也讲了丹妮版的"神话"，还有她怎样大发雷霆，大家都为她鼓掌。不过我当时人在现场，觉得其实一点也不好玩。

老妈说："华警官很厉害呀，他听这两个女孩讲的时候，那神情根本不像他已经听过这说法两次了。"

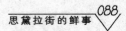

"这个便衣刑警的便衣还蛮跟得上潮流的。"唐娜说。

"你们这些孩子，确定在公园时没看到其他人吗？"素素问。

"如果有足够的不在场证据的话，你们就会没事的。"

"什么是不在场证据？"法蓝小声地问。

"就是有人在犯罪的时间看到你们在别的地方。"

"你们能不能想出来有谁在公园看到你们，可以替你们证明的？"

"狗可不可以？"法蓝说，"我有拍拍一只猎犬。"

"不行！"泽讲。

后来话题就从发生在警察局里的情况，转移到假仙家到底出了什么事。

最神奇的是，失火时我们当中居然没有半个人在家，若北和唐娜拉着我老妈跟老爸去参加唐娜一个画家朋友的画展开幕式，素素和谛博到医院看素素的老姑妈。

是对街的尼乐家先发现起火的，假仙回来时，消防队员已经在收东西了。

"警察和那些消防队员在问假仙他们话时，要是我们也在场该有多好啊！"老爸讲。

 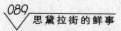

"不知道他们问的问题深不深入？真希望问仔细一点！"若北说。

"这两个'亲善大使'，不知他们有几打好朋友想要陷他们于水深火热之中。"谛博说。

"你们知道吗，"唐娜在跟自己说，"我从没见过邮差给他们送过一封信。"

"一定是假仙太太法力无边。"泽讲。

"……像魔火舌一样！"法蓝说。

"他们干吗来住我们思黛拉街？干吗不去北白令那边买栋大豪宅呢？"丹妮说。

"那把红梳子怎么会在那里，泽？"

"两个礼拜前就掉了。"

"他们没找到任何指印或脚印吗？"

"有没有什么破布屑、火柴，或者打火机之类的东西在现场？"

"好像都没有。"

"现在我们能怎么办？"唐娜说，"需不需要大家出钱高价请个私家侦探，看到底是怎么一回事。"

"凉拌(办)，"若北回答，"啥也不要动。华先生大概也晓得这些孩子都在干吗，更清楚我们跟假仙家是如何在'敦亲睦邻'！"他苦笑着看着丹妮。

"唉，好晚了，"谛博说，"明天还得上班呢。回家

 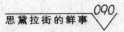

吧！"他像赶小鸡那样把我们赶走了。

"说不定我们过分相信这群孩子了。"谛博讲。

"不会的。"老爸说。

我们好像有一种同舟共济的感觉。

*　　　　*　　　　*

隔天我去问了布朗家三兄弟。

"怎么样了？"伟恩问我。

"我们成了众矢之的。"我回答。

"唉，没办法，我们也有自己的麻烦啊。"库思讲。
（妈说得果然没错。）

"我们现在学乖了。"伟恩说，"决不卷进麻烦里。"

我揍了一下伟恩。"你们这几只臭老鼠，干吗不老实说是跟我们在玩'电你'。现在他们都以为我们在说谎了。"

"你要我们怎样？"伟恩说，"去跟警察说我跟你们这几个清白无辜的人在玩'电你'吗？"

"我恨你们，胆小鬼！"我这样骂。

"我也爱你，矮子！"库思回我。

"给我记住，"我说，"你们欠我们一次。"

"这次'电你'太好玩了，对不对啊！"我往街尾走时,库思这样喊。

　　我就这样一肚子怨气地从学校走回了家。

亲爱的上帝：

　　您说过谦恭者会得到土地……可是没有,谦恭者没有得到土地。谦恭者像晚餐一样被煮了吃了。请您帮帮谦恭者吧。

您忠实的

海妮,谦恭者之一

第十八章

伪 装 惨 败

在那致命的星期天后，我们第一次又有机会聚在一起时，是星期三下课后了。我们被卷进了这无端风雨里，是这辈子最糟的一次。不过好笑的是，一个人的心情却不可能一直那么坏。

丹妮双颊绯红，我们逮到正在发疯的她。

她在床上很蠢地一边跳一边唱：

"噢，去你的！我们弄得一团糟。

我看还是去赶车喽！"

"太烂了，"泽用枕头敲她的头说，"'糟'和'喽'根本不押韵嘛。"

"烧掉假仙老巫婆，

有钱有钱老太婆，

砸掉她的头。"

然后我们就开始大打枕头仗，一边叫丹妮闭嘴。

"嘿，慢点慢点，"妈捧了一大盘软软白白的海绵

 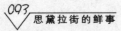

面包火腿三明治进来,那是我最爱吃的东西。看到那盘三明治,我就知道妈是相信我们的。我太爱她了。我们都大口地狼吞虎咽起来。

"假仙卡在我家烟囱里。"

"闭嘴,丹妮!"

"你们家气氛还好吗?"我问泽。

"不怎样,"他说,"你们呢?"

"一样。我以为会很严重,以为会被禁止外出、不准看电视、不准吃零食、没有零用钱,还要劳动服务。"

"不准洗澡,不准打喷嚏,不准吃巧克力酱,不准呼吸……"

"闭嘴,丹妮!"

"我老妈跟老爸很担心,不过没有禁止我们做什么事,也没许我们出去。"

"若北和唐娜呢?法蓝?"

"还……好……吧,"法蓝慢慢地说,"不太高兴就是了。"

"不过说真的,若北说得没错,"泽说,"我们对假仙家知道得太少了,我们根本不知道他们是谁,也不知道他们的职业是什么。"

"我的新车是一艘潜水艇。"

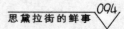

"闭嘴，丹妮！"

"我们要怎样才能知道呢？"

"把他们捉去用测谎机测一测！"丹妮说。

"什么是测谎机？"法蓝问。

"嗯，就是一种机器。他们会在你身上绕线，然后就问你问题。你回答问题的时候，仪表上有个指针会动，说谎时就跳得高，老实讲时就跳得很轻。我猜那是测心跳，像这样！"

我抓起了布吉特，拿跳绳把它绑了几圈。

它像疯了一样扭来扭去。

"问问题的时候请你不要动，假仙先生，你有没有自己烧房子，然后诬赖说是我们？"

"汪！汪！"

"指数一千。我也这么认为。"

"你有没有把我的梳子丢在现场，好让我被诬陷？"泽问。

"汪！汪！汪！汪！"

"指数两千。跟我想的一样！"

"你有没有咬你太太的珠宝？"法蓝问。

"汪！汪！汪！汪！"

"指数三千！"

这时"假仙先生"的测谎线是卷在尾巴上的，它扭来扭去太激动了，被线卷成一团，差点就咬到我们了。

"我想这样答案就不会正确了。"我说。

"谢谢你，假仙先生，你可以走了。"

"换成真的假仙，也不会乖乖躺着回答问题。"丹妮讲。

"我觉得我们可以直接去问他们问题啊！"法蓝慢慢地说。

"是啊，法蓝，怎样问？"我说。

"可以说是学校的作业。"法蓝说。

"去你的学校作业！"我们都回他，"你根本还没做过半次作业。"

"问卷！"丹妮说，"像有一次一个女生来我们家问老爸关于车子的问题。反正你就去敲人家的门说：'对不起，我是从某某地方来的，只需要花你几分钟。你使用某某东西吗？你觉得某某东西如何？'就一直问一直问，像神经病就对了。"

"不可能，他们一定会起疑心的。"我说。

"伪装啊！"丹妮说。

"发疯了。"

"真的啦！"丹妮说，"你去想问题，我来伪装。给我五分钟。"

所以我们就开始列问题了。

一、你早餐吃什么？

二、你最喜欢的歌是哪一首？

三、你的工作是什么？

四、你喜欢花生吗？等等。

丹妮又出现了，头上戴着那顶从扮家家酒盒子里翻出来的咖啡色卷毛假发，穿着我的牛仔裤和蓝色的上衣。她看起来是不太一样，尤其是那张嘴。

"丹妮，你的嘴怎么了？"

她从上嘴唇下面拉出了一片豌豆荚，又从下嘴唇下面也拉出了一片。

"很棒吧！这是人家在好莱坞搞的把戏。达斯汀·霍夫曼整出电影里嘴唇下都放着豌豆荚呢！"

"从头到尾都用同样两片豌豆荚吗？"法蓝问。

她把问卷拿去问倪先生，真顺利，他每个问题都回答得很仔细。不过话又说回来，他本来就是个爱助人又有礼貌的人。而且，他也没戴眼镜。

丹妮和我决定走远一点，到两条街外去试试。我本来就高，化了装后看起来就更像大人了。

我们装成是打工的学生。敲到第三家门时，才有人开门。

一个穿着宽松透明袍子的女人。刚开始，一切都

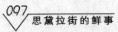

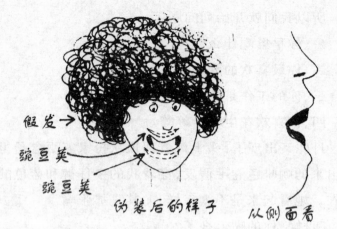

假发→

豌豆荚

豌豆荚

伪装后的样子　　　从侧面看

很好。我写下了她的答案，她说得还蛮好玩的。她一直追问："你们说这是给谁的？"

丹妮也问得很好，没想到，接着灾难就来了！

豌豆荚从她上嘴唇滑了出来！

那女人马上就起疑了。

"她有绿色牙周病，"我说，"我们得走了。"

"你们最好快走。"那女人双手交叉地喊起来。

我们走到角落，然后就一路大笑着追跑回家。

惨败。

"说真的，怎么办？"泽问。

于是我们决定大家都回去好好想想，隔天到法蓝家碰头。

第二天，我们把法蓝房间弄得乱糟糟的，法蓝刚游

完泳回来在梳头发，他一会儿把头发往前梳，看起来像好人；一会儿又把头发往后梳，看起来像坏人。丹妮在那边学洗发精广告里的女生，很夸张地在甩那一头头发。

泽马上就进入状态。

"我们可以充当间谍。"他说。

"怎样当间谍？什么意思啊？间谍？"

"就是盯他们嘛，笨蛋。"

"天啊。"

"他们干吗需要大耳朵？他们在看什么？他们平常都上哪儿去？那么多钱哪来的？他们干吗开宴会？"

我们其他人光坐在那里听，但泽可是很认真地在讲。

"我们要接近他们，观察他们，把看到的记录下来，这样我们才能全部记得。"

作者附注：我们从没记下任何一个字。

第十九章

"夜眼"行动

哇，这实在是很鲁莽的举动。那是个我不认识的泽，那是个我不认识的我！

我们从若北和唐娜家的围墙跳进了假仙家后院。

泽的头上戴了顶很厚的羊毛帽子。

我们轻轻地靠近房子，爬到了客厅窗外的树丛下面，客厅亮着灯，窗上挂着窗帘，让我们觉得好像安全

一点。我们两个都瞄了里面一眼，这是我们看到的：

假仙先生在看电视。他坐在椅子的前缘，表情异常严肃，好像一条命全悬在那台电视机上面一样地盯着电视。我们听到了好像球赛的声音，泽说是足球。球赛很紧张，观众都疯狂了，可是，你想这老假仙有跟着在叫"把他们踢扁"或大家看足球时在叫的那些话吗？没有，人家球赛比分打得很接近，观众都快疯了，在那里大喊大叫，他老兄却呆若木鸡。我又偷看了另一眼。

突然假仙说了句"好"，拍拍膝盖，就站起来把电视关掉了！就在比赛进行的关键时刻！观众正在大叫，紧张得咬指甲，他却关掉电视！我们听到他起来走动的声音了。

"快，"泽说，"快走。"

我们就翻过墙，各自回家去。

"明天见，到时再谈。"

*　　　　　*　　　　　*

那晚我眼睛睁得大大的，在黑暗中躺在我长长的床上。黑暗中只看得见一些黑影。我的手臂直直地摆在身体两旁，指头直直的，腿直直地伸到床尾，脚趾直直地指向前。

我在想当间谍的事。要是警察知道了……要是爸妈……我像卡通里的人物常做的那样，夸张地"啊"一声，咽下一大口口水。

假仙……根本对球赛就没兴趣嘛……有什么那么吸引他的呢？我们要怎样知道大耳朵电视可以看到什么？哪里还有大耳朵电视？我们去哪里可以看到假仙到底在看什么？我真想赶快睡着，可是没办法，我无法关掉大脑。后来我迷迷糊糊睡着了，却听到观众在我脑袋里大声叫喊，还有假仙那一声"好"。

＊　　　　＊　　　　＊

泽和我坐在学校草地上，解决了我们的午餐。

"你觉得怎样？"泽问。

"嗯，可以确定的是，他根本不是在看球赛嘛。他看到了什么，然后就说了那声'好'。有什么东西很好——除了球赛之外的其他东西。草地吗？围墙吗？天气吗？广告？计分板？观众？海鸥？……"

"不知道。"

"我们还得再偷看一次。"

"有一件事是百分百肯定的，"我说，"别跟大人讲。"

"疯了才讲。"泽回答。

　　＊　　　　　＊　　　　　＊

　　我进了图书馆。

　　"白太太，我们要怎样才知道大耳朵里演些什么？"

　　"不知道，"她说，"去问有大耳朵的人……像街角那家酒馆。"

　　　　＊　　　　　＊　　　　　＊

　　放学后我到了那家叫"水洞"的酒馆，推门进去，迎面扑鼻而来的就是臭烟味和啤酒味。

　　关于大耳朵的有趣事实：

　　一、酒馆的大耳朵和假仙家的不一样。

　　二、没有像电视周刊那样的册子可以跟你讲假仙家的电视在演什么。他们拿着选台器换来换去，接收从世界各地送来的节目。

　　三、我们不知道还有谁家有大耳朵。

　　四、装大耳朵要特别多的钱。

　　五、足球节目可能是英国或法国频道，有可能是世界杯。足球赛是现场直播，所以看谁跟谁踢，时间都不一定。

　　注：假仙又不在家了。

第 二 十 章

旅行袋的秘密

有时候，我们思黛拉街会举办"你丢我捡"的活动。每个人从车库、贮货柜、地板下或随便哪个地方将垃圾掏出来，放在自己家门口，两天后市政府就会派垃圾车来把这些东西丢到垃圾场去。这两天里，每个人都可以去看看别人丢些什么出来，如果你有兴趣，就可以捡回家里。

上一回的"你丢我捡"，法蓝捡到一块滑板，我捡到了一个自行车篮和一把破掉的高尔夫球伞，修一修后，还都能用。若北每次都能捡到东西修了卖，唐娜更快乐，简直像进了天堂一样。幸运的话，那简直像圣诞节的重演，大家丢出来的东西实在不可思议！

我们好奇地想知道假仙家会丢出什么样的东西。

"他们的家具至少四个月就旧了，"丹妮讲，"该是全部更新的时候了。"

"我猜他们什么也不会丢出来。"我说。

（自从布吉特在他们家享用大餐后，前面那片草地对我而言，简直已成为历史古迹。就像你站在一片安安静静的山丘上，而你的老爸老妈却跟你说，以前这里就是战场，曾有三千多人死在那里一样。）

没想到假仙家还真丢了点东西出来，那东西后来竟成了我们的幸运符。

假仙，那两个偷偷摸摸的人，一直等到最后一天，等到每个人都上班上学去了，等到垃圾车来收垃圾了，才丢出东西来。我们知道他们不要人家翻他们的东西，但他们没想到我们还有秘密武器——倪先生。我们拜托他一看到好玩的东西就拖出来。

他说他们丢了很多空箱子、盒子出来，一把椅脚松松的高脚椅（其实是新的），他留了下来，一个蓝色的旅行袋（根本就是新的），他也留下来了。其他没什么有趣的东西，不过他还是帮我们留了三个漂亮的盒子（都是新的）。

"我想你们可以拿来做什么东西。"他说。

这么好的盒子怎么能丢呢？有两个是鞋盒，一个淡蓝色，一个乳白色。假太太买东西都挑最贵的店，这两个盒子很好看、很结实，是用上好的纸板做的，还有可以盖得紧紧的盒盖。这么好，怎么能丢呢；这么好，舍不得剪开；这么好，连放小宝贝都可惜。我想到这个淡蓝色的可以像美术课教的那样，拿来做剪纸装饰，也就是把盒上的花样很小心、很仔细地剪出来，再贴到另一个盒上去，要装饰得很漂亮。

另一个是个黑黑亮亮的扁盒子，可能是装围巾或是衬衫的。里面还有珍珠薄纸，上面用金色字印着店名，叫作 Chez Mireille。

那个"蓝色的蓝天旅行袋"只是个很普通的袋子，里面空空的。

"倪先生，谢谢您。"我们有点儿失望。

其实我们能指望他们丢出什么线索，好让我们知道他们是谁，是做什么的嘛。太不实际了。还是希望他们把新自行车或滑板或其他我们想要的东西丢出来吗？

泽选了那个蓝袋子，丹妮和我拿了纸盒，就一起往泽家去吃失望时最需要的食物——花生酱三明治。

*　　　*　　　*

这是接下来发生的事，是后来倪先生告诉我们的。

我们离开后不久，有人去敲倪先生的门，是假太太！故意装得很亲切、很有魅力的样子。

假太太：我知道你拿了几件我放在门口要丢掉的东西。

倪先生：没错，我们都会看一看……看有没有什么可以用的东西……换句话说就是废物回收啦。

假太太：我们丢出垃圾，希望就被当成垃圾处理。

然后倪先生说她停顿了大概一秒钟，忽然口气就变了。

假太太：我先生丢出去一个蓝色的旅行袋，他不知道我很喜欢那个袋子，我想拿回来。不知道您能不能好心一点，把袋子还给我。（那两片红唇笑得百分之百，可是那双眼瞪得像灰色弹珠。）

永远那么好心的倪先生非常同情她。

“实在抱歉，”他说，“那袋子给孩子了，他们有用，没事提东提西走来走去。那把高椅子呢？要不要还给你啊？我把脚修好了，很漂亮的高椅子！”

“不用了，谢谢。”假太太说。（这时红嘴唇变成一条直线了。）

倪先生：这样吧，去跟孩子要，他们会还你的，他们会了解那是你心爱的东西。

假太太：我想你不肯帮我问吧？（两片红唇已垂下来了，魅力成了怒气。）

倪先生：噢，你自己问要容易多了，只要开口就好

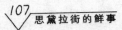

了。（两片红唇很勉强地笑了一下。）

＊　　　　＊　　　　＊

我们聚在泽家，有人来敲门，接着素素就大喊："对不起,孩子们！泽瑞！海妮雅塔！有人找你们！"

对不起,孩子们！不是都喊"嘿,囡崽"吗？什么时候叫我们泽瑞、海妮雅塔了呢！

我们冲向门口,看是不是世界末日来了。真是大跌眼镜,竟是假太太！

她装得恶心死的友善,你还看得出来她脑筋动得可快了。

假太太开始对我们用她在开宴会时的那一招,先来个超级大笑容。我们可以看清她每一颗牙齿,看到最里面那颗补过的牙！要读出她的心意,根本不需要水晶球。

假太太:嗨,孩子们。

（喂,死囡崽。）

假太太（朝我说）:好漂亮的上衣！颜色刚好配你美丽的头发！今天好吗？

（先给点甜头。看起来像正常小孩。要亲切、亲切、亲切。）

我:好,谢谢。

（干你什么事！）

假太太：我最喜欢的那个蓝色旅行袋今天下午不小心被当垃圾丢出来了。

（跟这群死囡崽低声下气地讲话，真的很烦。）

丹妮：那你为什么把袋子丢掉？

（跟丹妮讲话，连猜她心意都不需要。）

假太太（浅笑了一下）：嗯，实在很笨，丢错了。我那个笨老公把袋子丢出来，连问都没问我一下。

（从没见过那么粗鲁、惹人厌的囡崽。）

假太太（声音硬了一点点）：我希望把袋子要回来。

（猴死囡崽，把袋子还给我，不然你们死路一条。）

于是我们也来跟她装一下。

我：我们当然很愿意帮你。

（……帮你死快一点。）

泽：我们一定乐意效劳，不管什么事。不过我们已经用那袋子装东西拿给一个朋友了。等我们写完功课，一定马上去把袋子要回来。（这小谎扯得又快又好，太酷了，泽。）

假太太：非常感谢。

（骗鬼。）

泽：我们会把袋子拿到你家还你。

（到你家时我们会好好儿地观察一下。）

假太太：非常非常感谢。

（骗鬼，我才不要这些小鬼到我家来探头，可是又能怎样？）

泽：荣幸之至！

（才怪！）

假太太：待会儿见。

她知道我们在骗她。

我们也知道她在骗我们。

整段对话根本就是一段大骗局。

假太太退场。

我们也回攻到泽的房间，蓝色旅行袋就在那里，这回我们可要好好儿地检查一下了。这袋子里一定有什么顶重要的东西，不然她怎么会这样低声下气来要回这袋子呢？

"嘿，里面有个拉链儿口袋呀！"法蓝说，"不仔细看还看不到呢！用很小的黑拉链儿拉着。"

"拉开看看。"泽说，"中奖了！里面有东西，有封信呀！"

泽像个侦探一样，很小心地把信拿出来，（这时他的确是个侦探！）还要记住信是怎么折放在信封里面，怎么放在口袋里的。我们确信这封信一定很重

思黛拉街的鲜事

要,可是却失望地发现那只是一封很久以前写给某家银行的无聊信。

"这封信一定还是很重要,"泽说,"要不然假仙太太干吗死命把它要回去呢?"

"拿去复印,"我说,"这封信也得还给她。"

我们的计划是:我们装得若无其事地走出前门,那个袋子折平了藏在我上衣里,下面塞在牛仔裤里。

"我打赌她正盯着我们走出这条街。"丹妮讲。

我们都感觉得到她无趣的眼光盯在我们背后,于是走路跟讲话都故意装出很自然的样子,结果看起来一定很不自然。

我们很自然地走到报摊边,泽守在门口很自然地摸着一只被绑在外面的狗,丹妮很自然地在买糖果,我趁机赶快将那封信两面都复印好,然后就小心地照着泽的方法把信放回那个拉链儿口袋里。复印件则好好儿地折放在我牛仔裤口袋里。

然后我们又很自然地走到赖嘉许他家,再很自然地绕到他们家后门,没人在家,因为他们到怒沙去度假了,要两个礼拜后才会回来。我们在后门那里待了两分钟,然后把袋子拿在手上,又很自然地走回路上,走到假仙家。

假仙家的前面铁门没锁,我们就走到他们前门。

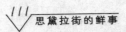

"很奇怪,他们怎么没在铁门那里弄个锁,再加个对讲机,让你按按钮才能跟他们说话?"我轻声在问。

"我来猜!"法蓝举着那只要按门铃的手指,一脸快乐地讲。

我们就站在前面阳台那里,还不想按门铃,先仔细地看看他们家。在窗上有个牌子写着:"此处由伟摩保安系统守卫。"以前莉莲姑婆住在这里时,我们没从前门进去过,她的后门永远敞开着。

按下门铃,假仙太太马上就来开门了。她一定早就站在那里听我们讲话了,还好我们没说太多话。她看到那个袋子脸上就亮了起来,不过笑得不是很自然。

"哇,太好了,袋子来了。"

她没邀我们进去,我们也没指望会有奶昔或巧克力蛋糕可以吃。

透过她身后的门缝,我们可以看到门内有一间白色玄关,中间好像立着一尊雕像,好多画。我们的眼睛在虎视鹰瞵般地把那目不暇接的细节看进去。

"不必要的错误,男人有时候实在很不小心……做事情都没考虑……"

她对着我们嘀嘀念了一堆话,心里想的是别的事,我们也没再听。她假装随意地拉开了旅行袋,又

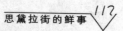

用指尖轻轻地拉开了里面那口袋，偷偷地瞄了一眼。

现在她开心了。

砰！她脸上像探照灯那样笑开了。

"谢谢你们这几个孩子，不嫌麻烦。"

不知从哪里，她塞了张十元钞票，像人家给小费那样给了泽！

"一点也不麻烦。"泽说，又把钱塞回给她。

"别客气了，"她浅浅地笑了一下，"只是小小的报酬嘛。你会拿的，对不对？"然后把钱递给了法蓝。

法蓝一握到钱，就不会再让钱溜了。

"谢谢啦，再见。"假太太说完就以极其迅速的动作将门关上了。

（你们可以滚了，我已经拿到我要的东西了。）

表演结束。

我们也把站在阳台可以看见的东西都看进去了。

我们到赵家的牛奶店将假太太的十元钱换成了奶昔。法蓝和我喝巧克力的，泽喝草莓的，丹妮喝薄荷口味的。

赵先生刚中了刮刮乐，就送了我们一勺冰淇淋。

那封信是这样写的：

太平洋区第一银行

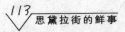

玫瑰谷 3779 邮政信箱 91 号

经理先生：

　　此信是告知您您要求的汇款已照协议汇出去了。内人与我希望此项投资与您过去的记录一样丰硕。

诚挚的杜汉胜

第 二 十 一 章

Chez Mireille盒子

　　蓝天旅行袋事件后的下一个周末，丹妮决定要将她房间的家具重新摆放。她把人家寄给她的每一块香皂、毛巾，每一张圣诞卡和生日卡都一字摆开。人家一定觉得她很脏，再不然就是实在不知道送她什么好。她不是故意要收集这些东西，可是自然而然就有了一大堆。那些毛巾有的折成了兔子形状，有的像花、小鸭子，香皂更是有各种香味、各种样子。她从来不用。

　　丹妮决定把那些香皂和毛巾都摆进那个漂亮的黑色 Chez Mireille 盒子里。收音机扭得很大声，房子的地基都快被震垮了，你猜是哪首歌……《请看出口》！忽然，她把收音机关小了，大声地喊：

　　"嘿，海妮，快来看这个！"

　　在那张薄纸下面的盒底，压着一张 Chez Mireille 的收据，原来那家店是在巴黎。假仙太太花了七百五十 F 买了一个看起来像"chemise de nuit noir"的东西。

"F 是什么意思？"丹妮问我。

"法郎。"

"七百五十个'法蓝'！我不知道可以用小孩子抵钱！"

"傻瓜，法郎是法国钱啦！可以让我看一下收据吗？下回我上图书馆去查查看这样相当于我们多少钱。"

现在我们确定一件事了——假仙夫妇不在时，他们可不是光到艾德蓝城去噢。

第二十二章

“静电”出击

我们教会了法蓝怎样从他们家围墙瞄到假仙家的电视。他已经知道怎么打电话了。

铃铃铃……铃铃铃铃铃铃……铃铃铃铃铃铃（电话响）。

法蓝：他们在看电视！

我跟妈说：我去找泽问一下功课，一会儿就回来。

泽跟素素讲：我去跟海妮讲一下功课，不会超过五分钟，很快就回来。

还好，那晚夜色很黑，我们像贼猫一样跳进假仙家的围墙里，泽站在电视通到外面的电线旁，透过窗户往里看，我们又看到假仙先生被黏在椅子上了。又是足球。

“又来了。”泽轻轻地说。

像闪电那么快，泽拿起梳子在头发上梳了大概十

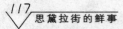

二次，然后去碰了那电线一下。

电视闪了起来，又是杂音、又是白线，像下静电雪一样。

假仙先生一副被电到的模样，我们从没见过他那样子，跳起来一直诅咒！一定有什么不对！假仙太太也冲进来了，他一直在敲那些按钮，急着要把电视弄好。慢慢的那些静电、杂音都不见了，画面又回来了。假仙先生急得汗流浃背，拿来几张面纸拼命擦额头上的汗，假仙太太也用手扇着风。电视又正常了。

"万一没看到，"假仙说，"损失可大了。"

"老天爷，"假仙太太也说，"还好没错过那镜头。"然后在胸前画了个十字。电视上的球赛又来了，他们两个都盯着屏幕看。拍到计分板了，忽然假仙说："在那里！噢，太美妙了！感谢上帝！"
上帝，我是海妮。

您一定不会也是假仙他们的上帝吧。您不会听他们的任何一句祷告吧。您必须选一个，他们，还是我们。

海　妮

他站了起来，关上了电视，瘫在椅子上。"以后不许那种状况再发生了！"

我们光忙着看假仙表演，没想到后门竟然"唧"的

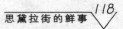

一声叫了起来。

我们被困在这里了！没时间翻过墙。一道光线从屋子角落射过来，我们在千钧一发之际钻进他们家的雨林区。我半踩在泽脚上，他的脖子旁戳了根树枝进来。

我的心怦怦直跳，我猜他们一定听见了，这回可是玩真的"电你"了，我连呼吸都不敢。

假仙太太走到刚刚我们站的地方，用手电筒照着大耳朵的电线，接着退了一步靠在围墙那边，又照一照那大耳朵。我们近到能闻到她的气味，然后假仙也出来站在她旁边。

"刚才怎么会突然中断画面？没听到有鸟叫声啊，是飞机吗？"

"保证不是什么鬼超人，"假先生说，"是跳电吗？还是什么？我也不晓得。"

他接过了手电筒，在那里照来照去。我们实在吓死了，他照了刚刚我们站的地方，万一看到了我们的脚印或泥迹……突然，假仙太太半僵硬地叫了一声，有一只蛞蝓爬上了她的白绒布拖鞋。

"笨女人。"假仙很不耐烦地说。

他们就进屋去了，假仙太太还可怜兮兮地喘着说："我真恨这些虫。"

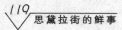

第二天，唐娜说："他们那只大耳朵一定有毛病，我看到一个穿白色工作裤的工人爬到假仙家屋顶，在那里检查大耳朵和电线。他的车子挡住我们的车道了。"

咦！这朵花真奇怪呀！

第二十三章

撕掉一半的传真

"要不要看一个东西?"泽说,"还记得布吉特大餐事件吗?"

谁忘得了呢?

"我在假仙家垃圾桶里找到这个。"他从口袋里掏出了一张皱巴巴的破纸。

"泽,你不能这样,那是人家的东西啊!"

"我知道,"他还是笑着,"给你看。"

我在想:"这个人已经无法分辨什么是对,什么是错……我也是!"那是一张很贵的上好白纸,有人用笔在上面写了很多名字,像树枝那样叉开着。

"很好玩对不对?"泽说,"你知道这让我想起什么吗? 好像在画家族树。"

"你能想象香水悍妇和牛仔男孩会对家族树有兴趣吗? 他们看上去是那种对家族历史有兴趣的人吗? 他们对任何旧东西、老人、老东西都不感兴趣……"

"他们会对什么有兴趣？朋友？绝对不是，更不会对动物有兴趣。"

"他们只对新东西感兴趣，车子啊，画啊，新花园啊，新地毯啊，新围墙啊，还有新厨房……新食物。"

"钱呢？"

泽点点头。"钱是绝对的。"

"绝对保证跟钱有关！"

"用膝盖想也知道，是钱。"

"用肚脐眼想也知道，是钱！"

"说不定他们在筹办家庭聚会。"

"说不定他们在算计该把谁打倒，才能继承家里

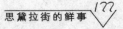

的钱。"

这倒有可能！

那张皱巴巴的纸最上头的名字、住址被撕掉了，只留下了传真号码。

"传真号码有帮助吗？"我说，"我们怎样才能找出那是谁的号码呢？有没有传真簿可以查？好像没听说过有这样的东西。"

"我们干吗不直接传真给他们，问他们是谁？"

"我们写什么？'你是谁'吗？"

"像这样：'我们似乎把您的住址弄丢了，能否请您将住址再传一次给我们，也请将您名字的拼法再确定一次。非常感谢，艾当杰敬上。'"

很聪明的方法，泽想这件事一定是想很久了。

我们用泽他老爸的计算机打了字，用他老爸的传真机将信送了出去。

那串传真号码很长，机器好像还要想一下，清清喉咙，哩哩噜噜弄半天，才终于显示"传送中"的字样，慢慢地把纸吞了进去。

"好啦，"我说，"不知道送到哪里去了！"

我们待在那里转来转去，等着人家传真回来。

"如果能传人就好了，"泽说，"你把号码拨好，自己跳进机器，稀里哗啦传！结果你就从迪斯尼的传真机里跑出来！"

"还是像这样，'我要把你传到冰岛去。'坏人说。然后他的受害者就被传走了，再也没人见过他了。"等等，等等。

我们在那机器旁等了差不多两小时。啥也没有。更多的没有。（这段情节很有趣吧！）又是失望，我们习惯了，没关系。失望是我们的专长，可以接受。

"你们想去香港度假吗？"第二天，泽他老爸这样说，"今天早上莫名其妙来了一张传真，第一次有这种怪事。其实现在传真号码到处飞，这种事应该发生。"

"是什么传真？"泽问，非常冷静。

"香港一家很贵的五星级饭店好像要传细节给什么人，价钱啊什么的。"

"可以看一下吗？"泽说。

"揉掉了，大概还在我垃圾桶里。我们付不起。"

泽用一张没什么表情的脸，给了我一个历史上最慢动作的眨眼。

第二十四章

收　据

　　我裹得暖暖紧紧的躺在床上，听着小雨一滴滴打在屋顶上。我窗户上方是一片灰色的天空，今天这个星期六不必练无板篮球。我房间的光线灰灰的，是个灰涩、黯淡的周六早晨。

　　大家都还在床上，丹妮在看书，我一下就听到她翻书的声音；老妈和老爸轻轻地在讲话。我听不到他们讲什么，但光听到他们的声音就很舒服，知道他们懒懒地躺着，在讨论什么事情。有时候就全静下来，只有雨继续落着。我觉得好暖、好舒服、好安全。

　　从 Chez Mireille 来的那张收据就放在我床边的小桌上。假仙太太买了什么，装在那漂亮盒子里，要七百五十法郎。她可以到世界任何地方买任何她喜欢的东西，可是在那一刹那，躺在我自己舒适的床上，我知道就算以全世界的糖果来交换，我也不想变成她。我躺在那里看着收据，在猜她到底买了什么，又花了等于

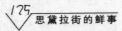

我们多少的钱。她真是个怪人。

七百五十法郎，我们只有一个法蓝啊！丹妮的笨玩笑一定让我头脑软化了些，我开始替假仙太太难过！她真可怜，不喜欢漂亮颜色，不喜欢动物，不喜欢朋友。

想想看，不喜欢你的朋友呀！她喜欢假先生吗？至于假先生，我连想都懒得想。

你试着想过女王坐在马桶上是什么样子吗？我试着想象假仙家两个人在拥抱，那一定不像热热烈烈的那种大拥抱，一定是像刺刺的、别弄坏了我的妆的那种拥抱。他们抱在一起的时候，心里想的一定是自己。

我同情他们的感觉又转成了厌恶。

我决定尽快把那张收据拿到图书馆，看看法郎到底值多少钱，还有"chemise de nuit noir"到底是什么东西。

Chez Mireille

92, Avenue Montaigne 75008 Paris
Téléphone 47.20.48.87
Metro : Alma Marceau

chemise de nuit
noir 750 f

Tous les jours à 10 heures à 18 heures 50
sauf le dimanche. Ouverture à 13 heures le lundi

第 二 十 五 章

跟 踪 调 查

那天是学校的教师节，爸妈都要上班，我们说不要紧，我们会在家整理房间，做作业。听起来非常令人起疑，不过他们竟然愿意相信。我们等这天等很久了——我们要去太平洋区第一银行。

爸妈给了我们每人三块钱，是要让我们去买肉饼当午餐的，好让我们那天中午高兴一下。

我们假装赖在床上，可是他们前脚才跨出门，我们后脚就像闪电一样冲出思黛拉街，戴着墨镜和帽子，伪装嘛。我们把钱拿去买了公车票，搭到玫瑰谷去——郊区那家势利银行的所在地。

公车把我们丢在两条街外的地方，我们下了车又走错方向，该上坡我们却下坡，走了三条街才发现，（真是好厉害的侦探啊！）后来我们把地图转过来，才爬上坡到邮局去。

还好，幸运死了，邮局对面有家小餐厅，我们进去

 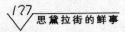

挑了张靠窗的桌子坐下来，合买一杯可乐喝，在那里想该怎么做。这个位子看邮局的信箱刚好，大家都说要好好儿盯着那个信箱，但那样过一天一定很无聊，我在想可不可能一边盯着邮局，一边读我的书。

"嘿，快看！"法蓝这样喊。

所有的眼睛都往他指的方向看去。

猜是谁刚好从马路对面的人行道走过去呢？是假太太！她戴着太阳眼镜，不过竟然像个正常人那样在马路上走！

在思黛拉街上她从没出来走过路，没见他们走过，只是看到车子过去。

"这里就闻得到她的味道了！"泽轻轻地说。

她走进邮局，站在信箱旁，把太阳眼镜搁到头发上去，开始找钥匙，我们还被她手上的戒指晃了一下。找到了钥匙，插进去，打开了那扇小门。

"九十一号信箱！"泽说。

"她有好多信噢！"丹妮小声地说。

假太太抓出了一大把信，放进了她背着的大袋子里。然后又把小门锁起来，把钥匙丢回皮包里，将太阳眼镜放回鼻梁上，往街上走去。

泽和丹妮追了出去，在车阵中横过马路。谛博要是看到这画面，保证昏倒。假太太走到路口，停下来

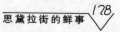

瞄了两眼服饰店里的衣服,然后就转了弯。泽和丹妮紧跟在后。

接下来的超出了法蓝和我的视线范围,我们只能坐在店里等啊等的,等啊等的。

"不用上学啊?"店里的小姐在问。

"学校的教师节。"我跟她说。

她一定很想知道我们在干什么,我暗自在心中编了个故事,而且小心不去接触到她的眼神。还好,店里还有几个其他客人。

丹妮像风一样冲了进来。

"好啦,泽在那里等,走吧!"我们很快付了钱,就冲了出去,留下一脸疑惑的餐馆小姐。

泽和丹妮一直跟踪假太太,跟到她进了下一条街的一栋办公大楼,他们又在那里等了一下,免得她只是去办事,一下就出来了。

我们转过了最繁忙的这条大街后,四个人就赶紧分开走。不是假日,一个小孩在街上走,人家只会看一眼;如果四个小孩一起走,就保证有什么不对劲了!不过我们都不知道可以干什么,又都想瞧个仔细,所以最后四个人还是都去了那栋大楼。

"后门呢?"法蓝悄悄地问。

"对啊!'请看出口'!"丹妮唱起来了。有她在旁

边,怎么成得了好侦探呢!

我们尽可能小声地(听起来像有一队马走过)走下一条鹅卵石铺的巷子,来到了一处很像假太太走进的那栋大楼的后门。由这里很难判断,因为我们都忘了看看前门写着几号。真是太有专业水准了!

这里有个地下停车场,入口处用铁杆门关了起来。我们从铁杆中间望去,等眼睛适应好了下面的黑暗后,哇,中奖!是那辆三十五万六千元的车啊!这一定是假仙他们上班的地方!

接下来我们商量的结果是,由我溜进大楼大厅,将里面公司的名字都抄下来。其余的人则到阿卡沙路去等我。

阿卡沙路一百四十号。我偷偷地走上楼梯,推开了那扇死沉死沉的玻璃门。听着踩在石头楼梯的脚步声,我的心都快跳出来了。

那边公司名字实在太多了,我决定只抄跟银行同一层楼的公司名字。我很不耐烦地在我的小条上挤下一堆名字,还要小心不要写错字。

我赶忙走出大门,赶紧走开。走到阿卡沙路口时回头一看,刚好看到那辆三十五万六千元的车往另一个方向开去!如果我们还在后巷子可完了,他们一定会看到我们的,那我们就会死得很惨!

一楼

太平洋区第一银行

双洲科技

铁达太平洋控股

弥勒陀发展股份有

限公司

飞达林区股份有限

公司

金氏——史坦敦慈

善基金会

我们又搭公车回到家，煎了一大堆饼吃，还努力假装着整理过家里的样子。

"那是栋现代化大楼，可是也没多漂亮。"丹妮的评论。

"在银行工作并不就表示会有很多钞票。"我一边说，一边想的是妈妈去存钱的那家银行，那里的人看起来一点也不像有钱人。

"我们要不要跟爸妈讲？"法蓝问。

"不要！"我们不约而同地回答。

"实在应该再去一次阿卡沙路一百四十号，再看个究竟。"泽讲。

法蓝说："我们可以讲是为了做关于钱的学校作业。"

"去你的学校作业！"我们异口同声地喊。

"那样还不如直接问他们：'你们到底是不是骗子？'"丹妮讲。

泽气愤地说："假仙很讨厌我们，我们觉得他们不对劲，他们也觉得我们不对劲。我们不能再接近那地方了。"

"好，想一想，谁可以替我们去那里？"

"一定要大人才行，那种不会令他们起疑的人。能找谁呢？"

"嗯，不能是我们这几家人。"

突然——这本书写了太多的突然了！我应该想到其他的词才好——就在那时候？说时迟，那时快？就在那一刹那？可是太多的事真的是突然发生的。唉，没办法。突然，丹妮的脑筋转对了，就这一次。

"布朗家的米齐！"

还记得布朗家兄弟吗？他们有个哥哥，没有真的在工作，整天去冲浪。有时他想做点事了，就挨家挨户去卖东西，或到菜市场去摆摊子，譬如圣诞节前就卖点玩具。奇怪的是，他不常卖，可是卖得竟然还不错。

而且啊，布朗家兄弟还欠我们一次呢！

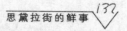

第二十六章

探 个 究 竟

"好吧……没问题,"米齐说,"我会去看一看。我有个朋友在卖办公文具,我去卖他们明年的工作日志啦,记事簿之类的。"

我们什么都想好了,日期、时间……结果呢,要死了!假仙又走掉了!他们一定又去看足球赛了。真是气死人了!我们只好将计划推迟,可以确定的是,我这故事不是什么都进行得很顺利的那一种。

假仙走了四天,然后,一切又上轨道了。

星期一不行,我得打无板篮球。忘了告诉你,我真的开始打无板篮球了,好酷嗷,不过我打得不是很好,动作不快,控球技术也很烂,不过我很高,是一大优势。人家在找人传球时,都会看到我像灯塔一样高高在上,我等于是半个篮筐嘛。

所以星期二是我们的阿卡沙计划执行日。米齐大约两点会去找他们,放学后我们就在靠近车站的纸盒

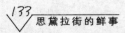

工厂后面跟他碰头。

米齐收拾得干干净净，弄得还蛮像一个生意人，真让我们吓一跳。我们习惯看到的他是穿件破牛仔裤，拿着滑水板在那里晃来晃去的样子。

"怎么样？"泽问。

"很顺利！"米齐说，"他们没认出我来。"

"公司什么样子？"

"就是间办公室，里面只有他们两个，没其他人。我的妈呀，那女的洒了一大堆香水。你们走进大门，走上楼，他们的门就在右边那个。"

"门上有一大堆公司头衔。你们在街上往上看，右边的那扇窗户就是他们的，有两个房间。"

"那女的坐在第一间房间一张像柜台那样的桌子前，旁边就是第二个房间。门开着，假先生坐在桌子前，在跟人家通电话。"

"她一副不欢迎人的样子，不过等我给她看过那些文具后，就好一点了。我没跟那男的讲话，里面没有很多东西，没什么装饰品或是办公室的东西。里面有个时钟，是能告诉你现在其他国家几点钟的那一种。还有几盆品质不错的塑料盆栽。"

"就这样？"

"没错。"

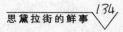

"没计算机？"

"没有。"

"没有一张给老板做重要决定的那种大桌子？"

"没有。"

"没有一块白板,画着像山一样高高低低的线？"

"没有,"米齐说,"非常无……无……无……聊……聊……聊。"

我们不知道能说什么,跟我们想的差太多了。

"米齐,你是个很好的间谍,"我说,"干得好！"

"哈,我也蛮喜欢的,"米齐笑着说,"而且啊,我卖得也不错啊。我推销给她两本最高级的皮质工作日志,又到别家公司卖了两本大本的年度计划表格,六本桌上型日记手册,两大本工作日志,和一整盒的记事簿。一小时有这样的成绩,不错了。"

"走廊尽头还有两家牙医,一家清洁公司,那隔壁,就是家律师事务所。"

"真的啊,"丹妮说,"你还记得那名字吗？"

"白瑞？类似这样的名字？"

你们猜,那隔壁是谁的办公室啊？没错,是滑头先生,这全宇宙里我们最爱的律师。

"百万个谢谢你,米齐。"泽说。

"没问题,"米齐说,"我觉得有点儿怪,如果他们

思黛拉街的鲜事

真像门上列的那一大堆重要头衔，那做事的人呢？文件呢？要做的事情呢？都在哪里啊？实在不太合理。"

第二十七章

监　视

　　若北和唐娜结婚十四年了！比我活在世上的时间还长，一定像几世纪了一样。唐娜说要去看伍迪艾伦最新的电影，若北要吃晚餐，所以他们就两个地方都去，我们又上他家看法蓝去了。

　　法蓝有讲不完的消息呢。下午他偷听到假仙夫妻俩在讲话，假仙先生还讲得蛮清楚的："……一定得逮到刺的、高的、凶的和没用的！"

　　"他们是搞帮派的！"法蓝说，"真的坏人啊！像电影里有刀疤和刺青的人。"

　　"坏……人！"丹妮讲。

　　"最坏……的！"泽说。

　　"等一下，"我说，"有人叫我高的呀。"

　　泽大笑了起来。

　　"喂，他们不是在讲拿枪的那些强盗，他们是在讲我们！刺的（指着他头发）、高的（指我）、凶的（丹妮）

和没用的（法蓝）……刺的、高的、凶的和没用的！"

"他们不是在讲我们！"法蓝说，"是他们自己的帮派！"

"要打赌一百万吗？"泽说。

好好笑噢，假仙他们还蛮会用词的。

讲到用词，这段时间我们都知道警察还会打电话来，追问关于那场火的问题。

"一开始我还蛮担心的，"我说，"不过好像啥事也没有，所以就渐渐忘了。"

"我不担心，"泽说，"我们是无辜的。"

"打赌你没那么勇敢，不敢打电话问警察究竟是怎么一回事！"丹妮讲。

泽就拿起了电话。"不要！"我们都尖叫了起来。

我说："现在该怎么办？"想把话题拉回来。

首先，再去看他们在干什么。中奖了！他们又在看足球了！

我说中奖，因为泽和我白花了好几个小时偷看他们看电视，可是他们只是看好玩的。只有看足球时，才是真的有什么"好事"。

我是觉得该再监视他们，可是我们有两卷录像带等着看，他们说要看，我也有点想看。不过我还是认为工作至上。

 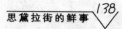

　　我们发现站在若北和唐娜的床上，可以看到假仙家的客厅。

　　"如果我们能再站高一点，就可以看到他们的电视。"泽说。

　　"法蓝，你有望远镜吗？"

　　"有啊，妈妈赏鸟用的。"

　　我们把若北放在贮藏室的梯子扛出来搬进屋里，搬进他们房间里，这一路要不撞到东西、擦伤家具和墙壁实在很难。泽和我小心翼翼地走，走得很慢，"凶的"和"没用的"在两旁告诉我们快撞到什么了。

　　我们把若北和唐娜的床推开，还把一张椅子和梳妆台搬开。我发现唐娜在那么舒服的床上看的书竟是《虐待关系》，真起劲！

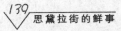

一只脚站在梯子上，另一只脚站在柜子上，拿着望远镜，真的可以清楚地看到他们的电视呀。我们看不到假先生，不过根据过去的经验，他一定会让我们知道那个"好"发生在什么时候。

我们每个都轮流上去看了一下，因为我最高，在梯子上最安全（我想也最有责任感），我就负责看他们。一开始我还蛮高兴的，丹妮用雨伞撑开窗帘，他们拿了根毛线把窗帘绑上。

"万一有人回来看见了怎么办？"法蓝怕怕地问。

"船到桥头自然直。"丹妮回答。

"什么桥？"法蓝说。

反正啊，我得一直待在梯子上，在黑黑的房间里，用望远镜盯着假仙家的电视看——看无聊的足球，其他人却在看我挑的《公主新娘》！当侦探真是无聊透顶！

这让我想起赏鸟来了，我正在观赏惹人厌的虐人富翁鸟。

法蓝进来了两次。

"可以换我看一下吗？"

"不行，法蓝，马上就要到了。"

第三回他又进来吵了，我说："好吧，我去上厕所，给你看。"

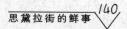

他就拿了望远镜。

"看得到电视吗？"我问。

"非常清楚！"他说。

我就冲过客厅,他们都抬头看我。

"谁在看假仙他们？"

"法蓝。"

你相信吗？就在我上厕所时发生了。法蓝乐死了。

"在计分板上有一个黄黄的东西,像人家在摇黄旗子。很明显,因为大家摇的不是蓝的就是红的。然后假先生就关掉电视了。"

"是信号！"我说,"打赌一定是！上次也是一看到计分板就关掉,那一次我也觉得看到什么黄黄的东西！"

"什么？"丹妮问。

"信号！"

"为了什么？"

"谁晓得！这样人家就查不到电话,查不到信件,查不到假仙他们头上来。"

我们一直在叽叽喳喳,没听到有车子开进来的声音。

"你们在搞什么鬼？"若北站在门口,看着梯子、望远镜、窗帘和我们。

"解释一下……你们在干什么？"他听起来有点发火了。

安静无声，然后法蓝才说："在玩钓鱼。"

我们忍不住要笑出来，虽然很想忍住，因为不知道等会儿若北会怎样，可是那种感觉你知道——你越想拉长一张脸，就越难忍住。我瞄到了丹妮的眼睛，她装得好像在参加葬礼一样，但整个身体都在抖。

若北从梳妆台拿起了望远镜，又看了我们一眼。

"把东西归回原处。"他说，但我们看到他嘴角翘了一下，在偷笑。他走掉后我们就崩溃了，在那里直笑直叫，肚皮都快笑破了，停不下来。"玩钓鱼"那三个字实在太厉害了，太好笑了。我们肚皮痛死了，两颊都酸了。最后我们总算冷静下来了，但只要有人又偷偷说声"玩钓鱼"，我们就又会笑开来。后来我们又从头看了一次《公主新娘》。

第二十八章

最糟的一天

一开始只是有几个日子过得不太好，后来竟什么都变糟了。那一天我从学校回家，心情很不好，又发现老爸老妈在《交换邮报》上登广告，要把我们那张咖啡色的旧沙发卖掉，他们怎么可以这样！那是我最喜欢的沙发呀。小时候生病，妈妈让我睡在上面，盖着被；从出生开始，我们坐在那里，跳在那里，在那里搭小房间，在那里生气、看电视。这么忠实、值得信赖、从一而终、最舒服的老朋友竟然要被卖掉！

给父母的纸条：

千万不要卖掉最喜欢的家具，

小孩会非常伤心！

等孩子长大后住在俄罗斯了、好莱坞了，那时候卖什么都没关系。你可以把旧东西砸了，把屋子拆了，弄新得像假仙家一样的东西，可是在那之前，别卖掉属于这个家里的任何家具！

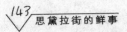

我像火山爆发那样为这沙发伤心,我知道这与故事无关,不对,事实上有关,因为这让那天过起来更糟糕。那是我非常珍视的东西啊。

因此我就坐在电话旁边接电话,告诉每个人沙发已经卖掉了。

声音:请告诉我你们登广告要卖的那张沙发……

我:对不起,已经卖掉了!

声音:我是想问那张沙发……

我:对不起,已经卖掉了!

声音:你们登广告要卖一张沙发……

我:对不起,已经卖掉了!

我想,我爸妈知道我的意思了。

*　　　　*　　　　*

我这辈子从没想到有些事会发生,我只是过一天算一天。日子本来好像应该这样嘛。

丹妮跑了进来。

"泽要搬到新西兰去了!"

没有预警,砰! 就来这么一句。

"什么!"

"泽他爸爸被调到新西兰去了。"

这个消息太可怕了,不像她编得出来的。你知道有人说过"我的心都沉下去了",可是我的是弹起来了,像气球那样。

为了不让我眼睛里的水像海浪那样涌出来,我像闪电一样地写着功课,管他写对还是写错。

我用力擤了擤鼻涕,就冲到泽家去了。

他坐在前门台阶上,手里拿着一把蛮好的黑梳子。

"嗨,海妮,我正想去你家呢。"

他还带着笑容呢!笑容!他很高兴喽!

"去新西兰?"我问他。

他点点头。

他怎么能说得这样淡然平常?我快把他杀了。(这样他就不必搬到新西兰去了!)

"这种大烂消息,你不生气吗?不伤心吗?"

"不会。"泽看起来轻松自在。

我差点儿就要趴在床上哭一年了,他竟然这样。好吧,如果他要玩这种无情把戏,我也会玩。

丹妮和法蓝也跑来了,匆匆踏过草皮。

"你为什么要去新西兰?"丹妮问。

"我爸的计算机公司要在新西兰开分公司,他们要我老爸去那边当老板。"

"你妈妈呢?你老爸和你呢?你们不想去吧?"

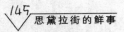

"一点也不想。"泽讲。

素素开了门，啥也没讲，在台阶上摆了一盘刚从烤箱端出来的巧克力蛋糕，意思是说"孩子，对不起"。（好像一片蛋糕就可以解决一切。不过我们还是吃了。）

"什么时候走？"

"至少还要半年吧。"泽回答。

"我们怎么办，泽？把我们留给假仙他们吗？这简直就像把我们留给野狼嘛。"

"我们都搬到新西兰去吧。"丹妮讲。

"真希望是假仙他们搬到新西兰去，不是你。"

"我们要绑架你，把你藏在阁楼上。"

"什么是阁楼？"法蓝问。

"屋顶下面的那个房间。"

"我们没有阁楼。"

"我们会找一只热气球来，通通逃到无人岛上。"

"我们一起去巴西，坏蛋都是从那里来的，我们到那里开厢型车卖甜甜圈。"

这些主意都很笨、很可怜，因为在我们心里都清楚得很，我们是一点办法也没有。这是大人才能决定的选择，是关于将来的选择，我们一点也不能插手。我们是一群充满无力感的痛苦小孩。

 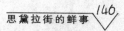

太阳下山了，这天结束得宛如世界末日一样。

"别担心，"泽说，"六个月像一百万年那么长。"

他拿了梳子在头发上梳了一下，冒出了点点金星。

我们又开始笑了。

接下来那两天，我的膝盖后头长出了干疹，手肘也是。干疹就是在某几个地方皮肤特别干、红，特别痒。

那痒叫人受不了，很麻很麻，它啃噬着你，叫着"要抓啊，要抓啊"。不管它？怎么可能。我很想用留着六厘米长的指甲一直抓，抓到破皮，抓进骨头里。

我躺在床上，假装手被铐着，不能动，不能抓。我一天擦两次药膏，感觉好一点点。睡觉就糟了，早上醒来时我会发现我已经把皮都抓红抓破抓烂了。

怎么办？什么事都不对劲! 真不公平!

亲爱的上帝:

这是死里求生了。您为什么这样对待我？是在考验我吗？还是怎样？是不是像《圣经》里埃及的黑死病？

您将河变成了血，然后是青蛙和跳蚤，接下来是瘟疫。后来又是牛的传染病。让人长脓包，让动物长舌疮，又下冰雹、闪电、火灾。接下来有蝗灾，最后，也

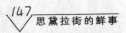

是最糟的，您折磨所有埃及人的长子、长女。

这是我个人的瘟疫吗？

第一个灾难是假仙家，

然后泽要去新西兰，

现在又是干疹。为什么？我做了什么？我不敢想接下来会出什么事。

　　　　　　　　　　　　　　　海　妮

第二十九章

抑制不住的眼泪

不必等太久，两天后我练完了无板篮球回家，屋里出奇的安静，没有收音机嘈杂的声音。

我看到丹妮蜷缩在床上。小辣椒在哭。她很少哭的，丹妮是不哭的。

你可以把她的手砍下来，她还说："好好玩噢！"

身体的病痛她不在乎。

一定是心里的事。

"丹妮，怎么了？"

她转过身将肩膀拱起来，让我看不到她的脸。不说话，安安静静的，因为哭，身体在抖动。

我轻轻地坐了下来。跟丹妮在一起要小心，要不然可能是自讨苦吃。

看她这样，我自己都快哭了。我一百年没见过她哭了。

一声哽咽后，"洪水"来了。

"在若北和唐娜家……呜呜呜……泽看到报纸房屋广告那一页……呜呜呜……有几家房子被用……（她几乎没办法讲出下面的话）……用红笔圈出来。"这时她一鼓作气，像洪水溃决堤岸一样地喊出来，"若北和唐娜也在找房子要搬走！"

这是极限了。我受够了！

我对假仙家的感觉全部成了恨！

上帝：

我知道您说要爱您的邻居，可是我无法爱那个邻居。我要揪他们出来了。我会揪他们出来的！

我很平静地跟丹妮说："不会，他们不会搬，要搬的是假仙！"

丹妮看着我，不再哭了。

"海妮？你还好吗？"她小声地问我。

"我很好。"我说，"我从没这么生气过！你能哭，我也能发火！"

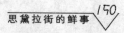

第三十章

喷毒液的蜘蛛

我在花园看红色小蜘蛛，看它们走来跳去在织网，好忙又好神奇。我发觉有一只特大号的，和其他的不太一样，我就用拇指和食指把它抓起来看个仔细。突然它张开身体，对着我的脸喷出了黑黑的毒液。我连忙闭紧了眼睛、鼻子、嘴巴，不让毒液跑进身体里。我不敢张开嘴巴，只好闭着嘴拼命喊救命。我没办法看到我往哪个方向走，也无法呼吸。只能闭着嘴叫，不能呼吸，闭嘴直叫、直叫，不能呼吸……

"海妮？"

是丹妮在喊我，我才醒过来。我赶快好好儿地吸了几口气，在梦中我闭气闭太久了。

"你一直叫得像条快窒息的狗。"她问，"还好吗？"

妈妈走进来站在她身边。

"还好吗，宝贝？"

"做噩梦。"

她让丹妮回自己房间，然后就坐下来摸摸我的头，像我小时候那样，还用担忧的眼神看着我。

"过去一点。"说完，她就跳上床躺在我旁边。

妈妈的手臂环抱着我，她温温的身体、软软的睡衣、香香的味道，让我觉得好舒服。

她紧紧地抱着我。

我像个婴儿一样又睡着了。

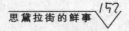

第三十一章

寻找谜底

我躲在图书馆靠近角落窗户那张红色小桌子旁的灰色椅子上，躲在一排排的六法全书后头，谁管那些书写着什么，还有国会法令，根本没人会去看的东西。说不定那些根本不是书，只是一些看起来很像书的盒子。无聊得要死。

坐在这位置很好，因为不会看到认识的人。有几次我听到同学的声音，从儿童区那边传出来的，在笑、在讲话、在晃来晃去。有时我好想冲过去对他们喊："听着！"然后把我的秘密吐出来。我心里藏了个秘密，一点一点的，我知道那秘密要成形了。

还记得那张从 Chez Mireille 盒子里拿出来的收据吗？有一次，我得去图书馆还书，（真的，是为了写作业借的！）我想起了七百五十法郎的事，到底值多少钱呢？所以就到放"钱书"的那个地方去翻。

那些书的有趣程度大概和数学课本差不多，不过

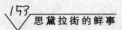

有一本叫作《现代麦得斯》的书跳进了我眼帘。我把它拿起来翻了翻，刚要放回去时，忽然有段文字叫我几乎停止了呼吸。我毛骨悚然、直冒冷汗，心里怦怦怦直跳，脑子在告诉我："女孩，这是你要的了！"

从那一次算起，我已经借这本书借了三次了。我要很确定我懂得书上讲的每一件事。每次我要续借时，都特别等到不同人坐在柜台时才上去续借，要不然我怕他们会说："看，那个犯罪新手又来了！"或是"你在计划智能型犯罪吗？"

其实我也把答案准备好了："是为了一个福尔摩斯的专题研究。"至今，这借口还没派上用场。

这位置读书最好。我不能把这本书留在家里，我可不想有人看到这本书，开始来问东问西。所以我平常就把书锁在学校柜子里，放学后喝一杯巧克力奶昔后，就带着一包洋芋片往图书馆走，得随时补充精力啊。

我跟大家讲是为了学校作业，也没错！是我做过最大的一份作业！

上礼拜有个家长会，我真怕妈妈会讲出像这样的话："海妮花好多心思在做那份作业，没想到她会这么用功。"范老师一定会摸不着头绪，因为目前我们根本没什么大作业嘛。还好，范曲太太是那种反应有

点慢的人，她大概只会对着妈妈笑笑，心想自己一定是漏听了妈妈说的什么话。

图书馆又安静又温暖，只是有时会有一个臭臭的老人坐在我附近。他呼吸时鼻子会像吹口哨一样，还好，他每次就是来看个比赛结果，看到后就走了。

我坐在这里像个挖金矿的，我也确定这回我是挖对地方了。

第 三 十 二 章

投这里，灌那里

"你最近在干什么？"法蓝问我，"好像你在出水痘还是怎么的。"

"就是嘛！"丹妮也用一副已忍受不了的声音说，"你怎么突然那么爱上图书馆呢？这回作业要做什么？"

"好吧！"我说，"我会跟你们讲，不过不是现在。星期天早上在篮球场，是关于假仙的事。"

"有书是写他们的吗？"泽问。

"很接近。"我说。

"为什么现在不能讲？"丹妮说。

"就是嘛，现在就讲！"法蓝附和着。

"不行！"我说，"我们需要一个不会讲到一半被打断的地方，而且讲完还需要想一想。"

这时，像响应我讲的话一样，妈就在厨房喊了起来："海妮，来帮我一下忙好吗？"

　　　　　　＊　　　　　　＊　　　　　　＊

　　星期天早上天空灰灰的,还飘着点雨。不过,我们说要去打篮球时,妈还是很高兴可以把我们赶出门。

　　"快,赶快讲!"丹妮说。

　　"等我们走到那里嘛。"我有点轻飘飘的,有些激动,感觉到知识就是力量。他们恨不得马上晓得我在干吗,我也恨不得马上告诉他们,于是最后一百米我开始跑起来,他们都在后面追。

　　"好吧,教授,"泽气喘吁吁地说,"有屁快放!"

　　"再不说就把你丢进泥巴里。"丹妮也讲。

　　泽和我坐在球场上方的水泥座位上,布吉特在翻垃圾桶,丹妮站着,法蓝坐在篮球上。

　　"话说从头,"我说,"还记得倪先生从假仙家垃圾堆里挖出来的那个黑盒子吗?是这样的,丹妮从里面找出了一张收据,在巴黎买东西的,花了七百五十法郎。我上图书馆时,就跑去查看那值我们多少钱。那边有一排书都是讲钱的、经济的、银行的、投资的,像《如何致富》,怎么赚钱、如何经营养虫事业等等……怎么了,法蓝?"

　　他像跳蚤一样蹦来蹦去。

　　"我们应该去借那本《如何致富》的书。"

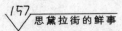

"没错，所以我就在那边找书，结果看到一本叫作《现代麦得斯》的书。"

"什么是麦得斯？"法蓝问。

"还记得麦得斯王的故事吗？"丹妮说，"他摸过的每个东西都变成金子，结果他后来摸到了他女儿。"

"对，"我继续说，"我在翻那本书的时候，看到上面说有一个人买了一栋旧的大别墅，把它整个拆掉重建。什么都是最新的，最好的。"

"是假仙！"法蓝说。

"不过那是莉莲姑婆的家。"丹妮说。

"那又怎样？"泽说。

"我又往下读。接下来他就买了一大堆很贵的古董家具和贵得吓死人的画。"

"是假仙！"法蓝说。

"那又怎样？"泽说。

"等一下嘛，精彩的来了……他又买了一艘特别特别贵的帆船，开到一个什么岛上，卖掉，又买了一艘一模一样的回来！有没有似曾相识的感觉？"

"没有。"法蓝说。

"还不懂吗，假仙他们买了一辆新车，卖掉，又买另一辆。他们不是买船，是买车！懂了吗？"

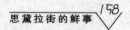

"嗯……"泽慢慢地说，"不过这也是司空见惯的事，有钱人常常都那样。好吧，书上那个人怎样？钱哪里来的？"

我故意停顿一下，制造高潮。他们听得很专心，这是属于我的时刻。

"他在一家假银行上班！"

一片死寂。

"厉害！"泽说。

现在得解释了，我知道这有点儿困难，不过我已经是专家了，那本《现代麦得斯》我读了四遍，可不是白读。

"刚开始是拿到了一堆钱，"我说，"不是普通的钱，是非法赚来的，譬如说抢银行啦、卖毒品啦、骗来的啦。这种非法的钱叫作赃钱。"

"譬如说，我是卖毒品的，我刚做成了一大笔生意，赚进了一百万元。"我拿起了篮球裹在上衣里。

"可是不能花啊，要不然警察就会追到我头上来。"

"不过我有一堆非常要好的达达令甜甜心的假仙朋友愿意和我一起解决这问题。"

我将球传给了泽，他已经开始了解了。

"好！"泽带着笑容说，换他把球裹在夹克里，"只

要也分我一杯羹，你的问题就不是问题。"

"现在，这个好心的朋友，"我对着看起来像怀了孕的泽挥挥手说，"在银行工作，他拿了这笔钱，存到海外另一家银行去。"

泽忽然带着球三步上篮。

"他又从那家银行把钱再存到第三家银行。"泽把球丢给了丹妮。

"再把钱灌入另一个银行，在这银行丢一点，在那银行灌一点，传到这里，运到那里，领出来，换一换……把钱在世界各地灌来灌去。"

篮球在我们手中疯狂地传来传去，运运球，拍一拍，法蓝自己也像只球一样团团转，每个人都很激动。等球又传到泽手中时，我高喊了声："停！"

"好！这样聪明地换来换去、转来转去、丢来丢去的过程叫作洗钱，把赃钱洗成干净钱。现在没人知道钱是哪里来的了，那个亲爱的亲爱的甜甜心朋友就把钱还给了我。"

泽将球传回我手上。

"现在钱干净了，我可以随意乱花了，我可以说那钱是我赌马赚来的，或是随便怎么讲，他们都没办法查了！花钱，花钱，花钱！假仙他们就是洗钱的人！"

泽和丹妮都了解了，不过法蓝还是不懂，他不是

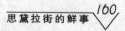

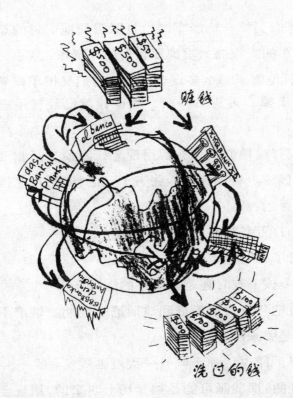

脏钱

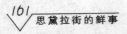

洗过的钱

一个常常搞不清楚的人。"有一次我把钱留在短裤里拿去洗了。"法蓝拼命想弄懂我们在说什么。

"不是啦,"丹妮说,"那个钱不是真的脏,非法的赃钱被拿去洗了、换了、转了,就会变成合法的干净钱。对不对,海妮?"

"非常正确。"

"新车呢,海妮?他们为什么要这样做?"泽问。

"他们买第一辆新车时，打赌假仙他们付的是现金。卖车的人很高兴卖掉那么贵的一辆车，就视而不见了，管他哪来那么多现金。后来他们又把车以差不多的钱卖掉，再买另一辆，这样钱就已经转手三次了。"

"我打赌他们买什么都用现金，"我说，"最重要的就是换钱嘛。譬如你有六张五十元的钞票，把它换成三张一百的，或……"

"一百万条巧克力棒。"法蓝说。

"对了，法蓝！"

这个孩子有时还是很厉害的。

"再把巧克力棒换成到迪斯尼的假期。谁都不晓得你钱是哪来的！"

"好，"泽说，"那干吗弄一大堆画呢？"

"是的，那些画可能是拍卖场上叫来的，用现金付的。等到时机到了，再卖掉。变魔术！钱干净了！"

"房子呢？"

"我猜他们付给那些工人的都是现金，他们反正买什么都用现金就对了。搞不好房子也是用现金买的。"

"他们干吗整天跑到国外去？"

"我也不是很确定，打赌一定是为了把钱送到世

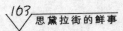

界各地。”

“偷渡？”

“有可能。”

“太平洋区第一银行呢？”

“那可能只是个名字，或是在太平洋某个小岛上的某个破房子。”

“还有那堆名字呢……双洲什么的……”

“都是名字而已。”

“干吗呢？”

“骗人啊。”

“你们觉得怎样？”我问他们，大家都有点激动起来了，不过我看得出来泽还不是百分之百被我说服。

“我们又没证据。”泽慢慢地讲了出来。

“那张从蓝天旅行袋里找出来的信，是转钱的，记不记得？”

“我相信，”丹妮说，“他们一定不是好人。”

“我就是要这样相信。”法蓝说。

我们又一路从篮球场讲回去，讲得太专注了，一路走过我们家门，一直走到街道尽头了才发觉。

我们这样决定：

＊泽去读《现代麦得斯》，尤其是第九章。

＊因为没有证据，所以不能跟任何人提起。

＊继续监视他们，尤其要找出来假先生到底从足球赛上看什么。

＊他们好像是真的坏人。

那晚我在擦碗时，一直在想着钱的事情。

在我们家，没有人谈钱。老妈和老爸没谈过，钱反正就是在老妈或老爸的钱包里，我不晓得老妈和老爸到底赚多少钱。

倪先生靠着养老金过活，不知道有多少。

星期五是我们领零用钱的日子。

我们不很富有，但也不穷。

有时候我想买点没用的东西时，妈会说："不行！"

"为什么不行？"

"因为那买了没用，我们花不起这个钱。"

不过如果我真的很想要，像要本吉利安·鲁宾斯坦的新书，如果我求得够久（通常是三四天），又不需要人叫，自己主动摆餐具，慢慢地向目标前进，而且还善待丹妮的话……最后，我们还是花得起的。

假期来临时，钱好像比较容易赚，老妈和老爸比较容易答应。

＊　　　　＊　　　　＊

傍晚，我把不要的铝罐子拉到街上去，可爱的思黛拉街这时又安静、又友善，我觉得自己一定是疯了，才会认为四十五号是在做坏勾当的。书中讲的是几十万，甚至几百万的勾当，我大概太异想天开了！就像法蓝说的，是我们自己故意这样相信的。

我看看那栋旧房子，悲凉的记忆又袭上心头，我好像看到莉莲姑婆将她干枯苍白的手指伸进皮包里，给我们每人一个硬币，脸上还带着甜甜的笑容。

布吉特在旁边叫了起来，它的叫声里含着警告。我的怒气又回来了，可能，有可能这都是真的。

接下来这件小事看起来很像在小说中才会出现的巧合，可是我发誓，是真的。

那晚我坐在我们咖啡色的破沙发上和老爸一起看新闻。

报道说有个骗人的案子，是一个像商人一样的坏蛋，骗了几千人一辈子的积蓄。

"吸血鬼，"老爸摇摇头，非常无奈地说，"说真的！实在太叫人愤慨了，那些不好好儿利用聪明才智的残渣。想想看，那么多可怜的人，他们一辈子工作、存钱，将他们的钱交给那些骗他们说会很快发财的残渣。你想，那么多年辛苦工作存的钱，突然，砰！全没了！说真的，他们的心怎么不碎呢？"

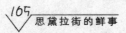

接下来就看到那个坏蛋和警察一起走了下来。他把外套拉到头上了，看不到他的脸。

"这个，至少抓到了。"老爸说，"打赌还有很多逍遥法外的。"

他用胡子楂儿轻轻地亲了我一下。"海妮，宝贝，在我们家，不管谁赚钱，都要用传统的旧方法，就是老老实实地工作，要工作，就要用传统的旧方法好好儿睡觉。该睡了宝贝，晚安，小可爱。"说完，又轻轻地亲了我一下。

第 三 十 三 章

包 裹 事 件

写作另一件困难的事，就是要把那些与这故事无关的琐事舍弃掉。譬如说，大约在这时候，我获得了全州小说比赛第二名，可惜跟这故事无关，所以我就不提了，而且啊，裁判还说我的小说"潜力无限、风格清新、故事引人入胜"呢。

嘻嘻嘻！（那是我学豆先生满足时笑的声音。）

另一件事是唐娜、若北和法蓝暂时收留在家里两个礼拜的孩子，叫作大堆，其实他的本名叫作马克史。那孩子自己的故事就可以写成一本小说，他全身上下能打洞的地方大概都打了。他的最大贡献就是，如果不提假仙他们的话，看了他，我们会觉得自己很幸运——"前途光明"。

还有一件我不用在这里提的，是若北到拍卖场买了一台旧的八厘米放映机，还有一大堆影片，我们把片子拿出来正转、回转地播了大概一百万次，尤其是那些游泳、跳水和有个人在吃肉酱面条的部分。我们笑得两颊都酸了，差一点得去看医生。

最后一件不必提的事，是我们还弄到一部手机，以为美梦成真了，可是搞半天，原来是坏的。

不过我得在这里提到白笛，因为它在这个故事里扮演了一个颇重要的角色。

因为假仙家车库的门留了个缝没关，泽和我决定虽然是大白天，仍要去看个究竟。

我们认为假仙出远门去了，可是不敢百分之百确定，尤其是他们门没关紧。除了私闯民宅的罪名外，若被他们逮到，一定是死路一条，所以我们决定很快地冲进去，黏在树丛旁，躲在花园角落。突然……

"哟呼，你们在干吗？"传来了一个粗粗的声音。

"没有！"我们两个都吓得不会动了。

"死定了！"我偷偷跟泽讲。

但没人走过来，是谁呢？我们转头看来看去，没看到半个人。

"哟呼，你们在干吗？"那个破声音又讲了一次。

"没有，真的，嗯……有啦，不过不是什么坏事啦……"我们一直在找跟我们讲话的那个人。

然后泽怪怪地笑了一声。

"看！是只小鹦鹉啦！"他小声地指着杏树上一团

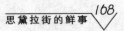

脏兮兮、正凶巴巴地盯着我们瞧的羽毛说。

"哟呼！你们在干吗？"它又讲了一次。

我们无声地笑了出来，不用紧张了。我们决定不管任务了，就大步走到围墙边，翻身跳进若北和唐娜家。我们慢慢地走近杏树，小鹦鹉还在那里，黑亮亮的眼睛盯着我们。

"哟呼！你们在干吗？"

"我们要抓你。"泽说。

小鹦鹉在树上踏着左脚右脚，像跳舞一样。

泽慢慢走到树下捡起一根粗树枝，小鹦鹉马上踏了上去，像人家等公车等很久了，一看到公车来了，马上就跳上车一样。

"哟呼！你们在干吗？"

"我们在帮你找家。"

我们将他带给倪先生。

"哟呼！你们在干吗？"倪先生蹲在院子里整理小萝卜，鹦鹉又这样问他。

"拔掉一点小萝卜。"倪先生头都没回就这样回答，然后才转过来看是谁在跟他讲话。

"小鬼头啊，"倪先生摇晃地站了起来，"手上那是什么？"

他直盯着那只鸟看，好像在看一个五十年没见面的人。

小鹦鹉把头抬得高高的,跳起舞来了。

在那同时,倪先生也举起根手指头,在它耳后搔搔痒,如果鸟也有耳朵的话。

倪先生小时候有只鹦鹉叫白笛,刚才他还以为又看到白笛了。

不用说,他当然很高兴地收养了小鹦鹉,不过他坚持让我们在外面插一块"拾获鹦鹉"的牌子。

→拾 获 鹦 鹉←

白色鸟,硫磺色头冠
会说:"哟呼!你们在干吗?"
电话:4592740
或与思黛拉街40号联络

他把鹦鹉命名为白笛二世。

回到故事上来，就在倪先生收拾整理花园的工具，把大剪子合起来时，不小心割破了手。

"要死了！"（这是倪先生会骂的最重的字眼了。）一定是很痛。

"噢，我想起来了！"倪先生一秒钟后就忘了手痛这回事，转过身来扬起眉毛，用一双眨得很亮的眼睛看着我们。

"有件事我一直想告诉你们！"

自从抓狗人白吉思的梦魇发生后，倪先生白天就把布吉特带到他家去。那天，他到四十七号带布吉特时，一辆送货车开到了四十五号前面停了下来，驾驶员下来开了后面车门，搬出了一个颇重的箱子，箱子体积不小。结果后车门弹了回来，打到送货人的手。他在那里一直诅咒。

"你还好吗？"倪先生说。

"嗯。"驾驶员一边抚着打痛的关节一边带着那箱子走到了四十五号。当然，门一定是锁着的。

"门锁着，我怎么送货？"驾驶员生气地说。

倪先生说："我也不知道。这样吧，我住在上面，你要把箱子留给我吗？我若看到他们时，会拿过来。"

"谢谢，不过不用了。"送货员说，"我不可以这样。"

他又把箱子放回车后座，将对讲机调到了 HQ。（HQ 就是总部的意思，倪先生还是喜欢使用军人的说法。）

HQ 跟驾驶员说他到得太早了，要到早上 10 点以后才可以送出来。

"亏我早上送得特别顺……今天一定不是我的幸运日。"

于是他就在车里坐了一会儿，和倪先生聊聊狗，他喜欢牧羊犬。倪先生说他只是替人看狗，但他自己比较喜欢猎犬。我可以想象他们两人在那里聊天的样子，狗是最好的伴儿啦……又聪明……又忠实……等等，等等。

还是没人到四十五号来。

送货员有点气极了，就狠狠地按了长长十秒钟的喇叭，结果假仙先生就从前门冲出来了。

"进不了门，货是很难送的。"送货员说。

"我以为门是开着的。"假仙先生说，一句抱歉的话都没讲。

他凶巴巴地瞪着倪先生，好像在说："你在这里干吗？"

布吉特对着他狂吠，假仙先生签了名，就带着箱子进门了。

送货员也发动了车子。

"十三号星期五还得来这里接货呢！"开走时，他这样对倪先生说，"下回可能得穿盔甲来！"

"那箱子像什么样子？"

"大纸箱，用封箱胶带贴着，旁边印着运动相关器材。"

他给我们画了个箱子图，还写着大约尺寸。画得很好，倪先生以前在铁路局时，接手过太多箱子了。

"有点怪异，"倪先生用舌头盖住门牙说，"他们不像喜欢运动的人呀……"

第三十四章

孤注一掷

那是我生命中最长的一日，得写好多页才能写完。这也是我一直无法搞清楚的地方——那些作家怎么能把每一章写得差不多长呢？

有些故事可以很快讲完，自成一章，但有些很长，像这个就是。你晓得这本书叫作《思黛拉街的鲜事》吗？是的，大部分的鲜事都发生在这一章里。所以啦，扣紧你的安全带，如果你是躲在棉被里拿着手电筒在读的话，先确定一下电池还有没有电噢。

看不出来那天是个大日子。前一晚，法蓝把隔天早上要穿的衣服拿出来摊在地上，摆起来就像个人躺在那里。这是唐娜后来告诉我们的。

那晚，我辗转反侧、神经紧张，有点儿怕。我怕睡着，因为怕隔天起不来；我要是想一下隔天可能要发生的事，恐怕会昏倒；昏倒也好，希望摔倒再爬起来时，事情就都结束了。我还觉得得为丹妮和法蓝负责,我们为这事吵很多次了,泽和我都要他们像平常一样去上学,可是他们两个坚持要跟。他们说他们一直参与了这件事,如果这回我们放他们鸽子,他们就永远不再不再当我们的朋友。

电影里若演到这个节骨眼,通常他们都会问:"你们怎么卷进这场风波的?"

我怕我们之间某一个爸妈会察觉事情不太对劲,我们假装那是个和平常没有两样的星期五,还好那时我们为学校一个特别的聚会整天在排演,在家也常提,所以那天我们走出家门时,老妈还这样喊:"祝你们排演成功。"嘘!谢天谢地!

每个人都像平常一样,上班的上班,上学的上学。我们走了两条街后抄后巷子跑回法蓝家。法蓝没关后门,我们就坐在若北和唐娜家的车库那边,小声叽叽喳喳地等人来拿"我们的"包裹。

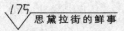

我们的包裹里是个绿灰色的旧铁箱子，大战时候，人家用这箱子装八发炮弹来打坏人，现在这箱子里装的是从超级市场后面捡来的四个没人要的菠萝，还有去年的电话簿。外面用纸箱装着，上头还仔细地用胶带粘好，写着：易碎品——运动相关器材。

我们听到倪先生的老爷车马自达开过来的声音，泽和我就把箱子扛出去，很迅速地把箱子放到行李箱里，通通跳上车后就开走了。车里放着倪先生长长的包裹，我们歪七扭八地围着包裹坐着。

布朗家的米齐在海街上的一个电话亭外等我们。他实在很厉害，打扮得一点都不会令人起疑。在白色运动衫上，他套着一件像田径运动员穿的那种外套，下面是一条海军蓝的裤子和擦得黑亮的皮鞋。他让我觉得他实在可以去拍电影，演什么像什么。

车子停在快递货运仓库的外头，我们坐在车里嚼着倪先生给我们的薄荷。果然很准，十一点五分时，一辆厢型车开了进来，一个驾驶员搬出了一个很重的箱子走进了仓库，然后就离开了。

"就是他！"倪先生说。

想想看，我们都没真的看过假仙先生他们的箱子，可是我们这个箱子模仿得还蛮像的。只是我们的纸箱颜色稍微深了点。

 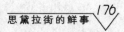

上!

倪先生扛着他的长包裹走进了仓库的柜台前。

"年轻人，"他跟那个人讲，"里面是很珍贵的东西，是六支长矛。我儿子 50 年代时住在新几内亚，那时他跟人起了冲突……"

米齐这时扛着我们的箱子走了进去，将箱子放在假仙家箱子的旁边，开始填写确认单。

"……货品。我猜这其中一支矛真的杀过人，我是不是该给这东西买个保险……"

我们很幸运，这个这么大的快递仓库还挺忙的。有两个工人正在上货，一部推货车也在旁边团团转，柜台里那个人又感冒了，眼睛一直流眼泪，每两分钟他就得从口袋里掏一张皱巴巴的卫生纸出来擤鼻涕。

米齐等在一旁，等着前面的人先把单子填好。

"取一件货，送一件货。"米齐用很肯定的声音在说。

"我赶时间。"倪先生在讲。

擤鼻涕的那人给了米齐一块板子填单子，又转过去和倪先生周旋。

"……鬼才知道这六支长矛该价值多少，该保多少钱……"

虽然我们几个都坐在车里，可是像罐子里的螳螂一样，七上八下地坐不住。

米齐扛了包裹就走出了仓库。他将箱子放到马自达里，给我们竖了一下大拇指，然后就走掉了。这完全按照计划进行，我们的计划就这么简单。

一分钟后，倪先生也走回车里来了。他笑着说："我刚给四支暗榫买了保险，寄到班达堡给我哥哥了。"

"成功了，成功了！"我们大叫。

开出弯道时，一辆停在街对面、我们之前没注意到的黑色 BMW 回转弯来跟上了我们。

突然一切都陷入了紧张气氛！

倪先生将车开到了警察局。我们的计划是，让警察在大家面前将箱子打开，就这么简单，没有任何玄机。这样我们就不会被冤枉做了任何我们没做的事。我们也能确定箱子里藏的是什么。

警察局不远，倪先生对这几条街都很熟。跟踪我们的那辆车也停了下来。

很快，我们将箱子扛到了警察局，丢到柜台上，跟值班的警察说我们要见警察局里最大的那个人。汤警官和一个双手叉腰的年轻警察（还挂满了警察的配件）都很好奇，想知道这群小孩和这个老人到底想干

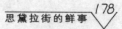

什么。

我们坚持要他们打开箱子。

"这是什么？里面是什么？"

"我们不是很清楚，但绝对确定这里面东西很可疑，我们知道这东西是谁寄的，他们是非常可疑的人。"

"是炸弹吗？哪来的？你们有什么证据？你们知道这样做可能涉嫌偷窃吗？"

我们被弄得很生气。

"你们现在如果不赶紧打开，就会错失千载难逢的机会。"

"万一搞错了会怎样？"

"我们会再把箱子粘好送回仓库那边，然后道歉。"

"保证！"

"只是我们肯定不会搞错的。"

那个年轻警察用一把史坦利刀将箱上的胶带割开，把厚纸板往后掀，里面有个保丽龙盒子。这时走进了一位穿西装的人，就是那个从快递仓库一路跟踪我们到这里来的那个人。

"我先自我介绍一下，我叫派瑞，是律师，我相信这个箱子是我客户的东西。"

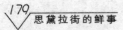

原来是滑头律师！这只邪恶的老鼠！穿着华服还人模人样呢。他用一双毒眼瞪着我们，这时他一定在想："老天保佑，我及时赶到。"

"你们这些孩子在干吗？"他故意不讲倪先生，"包裹现在还我们，既往不咎。"

"打开！打开！"我们对着手上还拿着史坦利刀的警察喊。

"好，打开，"滑头用最冷静、装模作样的声音说，"让他们自取其辱。"

不知是什么让那警察动手的，可能是好奇，可能是那一刻的气氛，可能是想一次做个了结，还是滑头眼里射出来的邪恶眼光，反正他就割开了保丽龙盒上的胶带，掀开了盖子。里面有个硬皮盒子，像人家装乐器的那种，有两个开关关着。警察将盒子拿出来，拨开了两个开关，将盖子掀开，里面是两颗一尘不染、闪闪发亮的保龄球，还放在海绵里。

我是唯一开口的人，我们都吓着了。

"天啊，毁了！"我发出这样的声音。

滑头用一副超级夸张的态度大发雷霆，他的眼睛眯成了一条缝，恶毒地瞪着我们。

"你们这些小孩到底想干什么？惹这么大麻烦，到底想证明什么？这是两颗比赛级的保龄球，要寄到罗

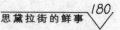

马给世界杯保龄球赛使用的，若不能准时送达，我的客户可不会很高兴，价钱可是赔不起的。我认为你们要为此事负责，我会通知你们的爸妈。你们不是应该在上学吗？你们这几个自以为是、没头脑、没用的小滑头！"

他根本当作没看到倪先生，实在非常粗鲁。

他转向了年轻警察："什么样的爸妈会养出这群混蛋、社会残渣、犯人？让小孩这样乱跑！"说完，他就走向了那箱子。

结果事情就发生了。

泽捧了一颗球就跑。离他最近的那个警察要拦他，但法蓝伸出了一只脚将他绊倒在地上。大家都太小看小法蓝了。泽在屋子里钻来钻去，球光拿着就很重，更别说还要跑了。

不过，最后他竟然跑出了后门，跑到了警察局后头的空地上。他跑上防火梯，大家都紧追在后。警察在喊："白痴，停下来。你在干什么？"

没人搞得清楚发生了什么事，也不知他要跑到哪里去。他沿着警察局的防火梯一直往上跑——一步步砰砰砰地跑在铁楼梯上，楼梯尖锐的回声响彻云霄。

我也开始往上爬了，一个警察跟在我后头——砰砰砰——他想抓住我肩膀，不过我无板篮球也不是白

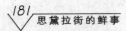

练的，我运球的技术可能不是顶尖，但闪躲的功夫可是一流的。我不敢往下看，要不然楼梯中间一隔一隔的洞可能会让我头晕。我不知道丹妮和法蓝在干吗，不过我后头传来很多尖叫呐喊的声音，所以我猜他们也跟在后头跑。

泽跑到二楼后门时触动了警铃。我们一群人鱼贯跑上去，越跑越高，踩在铁楼梯上，真吵。我听到自己很重的呼吸声，也感觉到耳朵上脉搏的跳动。我不敢往上看泽跑到哪里了，只是很小心地看着自己的脚步。

警铃当当作响，什么都乱成一团。我听到泽气愤地直往上跑的声音，他后头的警察几乎抓到他脚跟了，算是追到他了。

泽还是挣扎着爬到了最上头，只比那警察快了一秒钟。就在那警察奋身向前，大喊"给我逮到了吧"的那一刹那，泽将球从四楼高的地方往地上砸下去。我们都停止了呼吸，那颗球像慢动作电影那样从我们眼前掉下去，接下来是很大的碰撞声，黑球撞到水泥地上。保龄球爆裂开来，散成了一百万片，放出了看起来像一大群纸鸟的东西到天空里来。是钱！

静止了大概有一秒钟，我们每个人都张口结舌，只有丹妮兴奋地大喊："那不是保龄球！很棒的意外吧！"

滑头本来已经半逮住丹妮了，赶紧放开她的手臂,音调完全变了:"我的天老爷啊！怎么一回事呢？是我眼花了吗？还是谁在玩什么把戏？"真可怜,一百八十度大转变。随便哪个孩子现在都能痛宰他一顿。

当然警察又要问东问西了。保龄球哪来的？要寄到哪儿去？有两个警察负责捡那些钱,倪先生坚持他要在一旁监视。滑头说:"我的客户昨天已经出国了。"

法蓝偷偷问我:"什么是'客户'？"

"就是假仙。"

"没有！"他小声说,"昨晚我还看见他们在家里。"

警察留下我们,又问了很多问题。问题,问题,问题。警察这一辈子就是一直在问问题！我们很想赶快回思黛拉街去看看四十五号的动静,可是警察一直拖,好像拖了好几个小时。后来我们才发现,其实只有一小时啦。

警察太忙,所以每个人脾气都不好,很容易动怒。那天还抓了一个在购物中心抢劫的人,他们也不想让四个小孩把他们的吧台弄得一团脏,把巧克力粉撒得到处都是。法蓝在口袋里找出了一片泡泡糖,就一直吹一直吹，连我们几个也被他惹火了！我们坐在走廊的椅子上等着，等着，等着，一逮到机会，就说要去上厕所。

他们都没找到我们的爸妈，最后他们大概也气饱了，就留下了我们的名字、住址、电话，说晚一点会再打电话来问问题。倪先生还在那边帮忙捡钱。

我们就走了。

第三十五章

机场追逐

我们一路冲回思黛拉街，搭公车、跑步共花了我们一小时，跑得肚子都痛了。泽和我先跑，我们匍匐爬近四十五号，一副那里有颗炸弹随时会爆炸的样子。安静无声，没人在动，没有任何生命迹象。我们绕到屋子旁边的窗户趴着看，什么东西都好好儿摆着，整齐、干净，好像屋主刚好出去一下。

"去他们的！"泽轻声骂，"逃了！"

"走了？什么都没带？"

"要是你会留下来打包吗？我猜滑头一定用电话通知他们了。"

然后他握起拳头捶着。

"去他们的两次！"

泽会这么激动、生气，我还真被吓呆了，只会站在那里问笨问题："逃到哪儿了呢？"

突然他开始跑了。

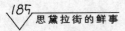

"去把法蓝和丹妮抓来，拿着所有的钱，两分钟后四十七号外头碰面。快跑啊！"

他跑回他家。

我也跑回我家。

丹妮正气呼呼地在切一个大三明治。

"丹妮！假仙逃了，快！快一点！我们还要跟泽碰面，带着扑满。"

"什么？"

"快点！带着扑满，快！"我们带着法蓝跑出他家时，一辆出租车停在街角，泽冲向我们。

"快上去！"泽喊我们。

"上哪儿？年轻人？"司机好像很惊讶载的是一群很激动的萝卜头。

"机场！快！快一点！紧急事件！"

"思黛拉街今天全要出走了是不是？"司机这样说。

"什么意思？"我问他。

"五分钟前另一辆车也来这里送客人上机场，"他说，"我刚跟那辆车擦身而过呢。"

"我就知道。"泽挥着拳讲。

我们都感觉到那气氛了，疯狂的云霄飞车又起飞了。

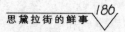

"你们这些小鬼有钱付车费吗？"司机问。

丹妮摇着她的小猪扑满。

司机这才受到我们的气氛的感染，来了个急转弯。

"到机场要多少钱？"泽问他。

"差不多二十五元。"

"别担心！"丹妮将她吃了一半的三明治塞给我。

她脱下鞋，用鞋跟用力敲了她的小猪一下。

小猪破在她裙子上。（那真是爆炸性的一天！）

"哇！"司机边开边喊。

丹妮坐在前座上，裙子上满满是破小猪和一堆钱。像机器吃钱那样，她滴滴答答地将钱数进她鞋子里。

"还真紧急啊！"司机说。

"我们去跟好朋友碰面。"泽讲。

泽压低了声音说："到机场后就这样，我们的朋友一定在机场某个地方，飞机起飞前你一定得先将行李送进去，画位子。"

"找到后能怎样呢？"法蓝问。

"我们一定会想出办法的。"我说。

"先找到他们。"泽回答。

"怎么找？"

 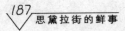

"国际机场吗？"司机问。

"对！"泽和我同时大叫出来。

"怎么办，海妮？"泽问我。

"两个两个一组，"我说，"我们先找一个中间的地方当基地，每三分钟就回那里报到一次。"

我们在郊区住宅街上绕来绕去，路口好多"停"的标志，真是把我们急得头发都竖起来了。终于车子上了高速公路，一切就飞起来了。

"丹妮，你等会儿跟着我。法蓝，你跟着泽。"

出租车飞过高高路面，猛然停在国际机场大楼前。丹妮将鞋里的钱倒进了司机手掌里。

"这里，"她说，"刚好。"

她将其余的钱放入口袋，在我们飞奔进大楼前，将裙子里的破扑满全丢进了垃圾桶。

"这里当基地！"我指着大楼中间立着的一只高高的袋鼠讲。

"每三分钟在袋鼠这里碰一次面，"泽讲，"你们这头，我们那头。他们一定在某个地方，走！"

大楼里都是人，一定有几架大飞机刚好在几分钟前着陆。人群慢慢地边走边聊，像蜜蜂那样嗡嗡谈着话，有好朋友、家人、流眼泪的老奶奶，抱来抱去、碰面的镜头，到处都是行李。我们在人群中钻来钻去，

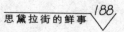

从人家排队的行列中穿过,撞倒人家的行李。

"对不起……对不起。"就这样一路跑过,有一两次,我觉得好像看到了假先生,不过发现只是很像的人罢了。

一开始,我想学电影里的间谍那样躲在东西后面,再伸头出来看,可是根本不可能。人太多了,新西兰航空的柜台前有一大群又高又壮的橄榄球队员在那里笑得好大声,我不小心撞上了一个个头很大的球员。

"小心点,小鬼。"他朝着我叫。

在人群里、箱子中钻来钻去,眼睛到处瞄,头转来转去,我们一直在找假仙家那两张脸。

我们跑回袋鼠那里,刚好看到泽和法蓝也气喘吁吁地跑回来。

"还没找到。"

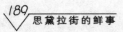

"太挤了！不容易看到。"

关达斯航空公司 20 航次班机飞往香港的旅客请到 9 号门登机，最后一次呼叫关达斯航空公司 20 航次班机的旅客请到 9 号门登机。

每一次广播里传来飞机飞走的呼叫，就增添了我们失败的恐惧。

"三分钟后见！"

许多人提着免税商品在走，有的小孩紧抓着杯子，有的小孩紧抓着玩具熊，有的小孩紧抓着爸妈。一个全身穿着新篮球装的小孩坐在一部堆满行李的推车上；一些看起来很严肃的商人穿着很正式的西装，提着手提箱从我们身边走过；一大群吵吵闹闹的日本人背着好大的高尔夫球具，闯都闯不过。

"海妮！"丹妮说，"我憋不住了。管他假仙不假仙，我一定得上厕所。"

"哇，太好了，丹妮！上得正是时候。"

"在这里等我。"说完，她就跑了。气死我了，每秒钟都那么珍贵，我却得在这里等她去上厕所！我缩头听着飞机飞上天空的声音。她怎么还不出来，我的眼睛瞪得都快跳出来了。

突然丹妮回来了，像傀儡木偶跳舞那样，两手两脚一直舞动着。

国际大奖小说

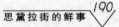

"我闻到她的味道了！她在那里！就是她！真的！在我隔壁的厕所里！保证！"该不该回去报告呢？回去报告说不定她就跑了。

"丹妮，你盯紧她。我需要回去报告。"

我跑回袋鼠那里，毁了，太迟了，他们不在那里。

我又从袋鼠那里冲回厕所，准备随时与假太太撞个正着。丹妮一副很认真的模样，在读卫生棉贩卖机上的说明，好像那是世界上最好玩的文字。

"还在里面。"她小声说。

我们在水槽转角等着，那里我们可以从镜子里看到厕所的门。好挤。门开了，走出了一个有着浓浓棕色鬈发的女人，穿着很好看的绿色运动外套，戴着黑黑大大的眼镜，还背着一个黄色手提包。她走得很急，竟然没停下来洗手。她走过我们身边时，我们赶紧弯腰假装在洗手。没错，就是那股绝不会弄错的味道——是假仙太太。

"伪装！"我轻声说，"等一下……对不起。"

我赶在等着上厕所的队伍之前钻进了那间厕所，在垃圾桶后面塞着一包乔治丝服饰店的提袋，里面有件淡桃色风衣外套和紫色围巾。就是假太太的，没错！

新西兰航空 25 号班机飞往香港的旅客，请由

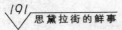

12 号门登机。最后一次呼叫新西兰航空 25 号班机的旅客请到 12 号门登机。

我冲出门的时候，排队上厕所的人一直盯着我瞧。

丹妮不在，她跟踪假太太去了。

现在我得找两个人了，假仙太太和丹妮。我的心狂跳，我的头发都竖起来了。终于让我找到假仙太太了！现在怎么办呢？

更多的爷爷奶奶在跟更多的孙儿道别；商人在看报。我被一对滑雪板绊得差点儿四脚朝天。

"请不要跑。"机场的工作人员对我凶巴巴地喊，"慢点，女孩，这样迟早会出事的。我一直在看你们这几个小鬼。"

在靠近报摊的人群中，我看到了一丝绿色运动外套的光芒。

关达斯航空 43 号班机现在正由 3 号门登机。最后一次呼叫搭乘关达斯航空 43 号班机的旅客请到 3 号门登机。

我看看表，又该回袋鼠那里了。

"找到她了，"我大喊，"确定是她！丹妮在跟踪她，可是不确定现在她和丹妮又到哪里了。她戴了棕色假发，绿色运动外套，大太阳眼镜和黄色提袋。"

"太好了！"泽咬牙切齿地讲。

"没看到假先生。"

"如果她伪装了的话，他一定也是。太好了！我们看起来却都还是我们。"泽说，"法蓝，给我你的帽子。"

他把那一头头发盖住。

"假先生得在男厕所换装。"

"检查厕所。"

"我们在那头需要个基地，"我说，"报摊好了。在明信片那边正在展示保罗·捷宁思的书，三分钟后我们在保罗·捷宁思那儿碰面！"

我看到丹妮站在金翼厅外专心地看着一棵大盆栽的叶子，真松了一口气。

"她在里面！她走了进去！在里面！"她指着金翼厅说，"假先生搞不好也在里面，都在里面。"

"别光一直说他们在里面！这厅有没有其他出口？"

"请看出口！"她尖叫一声，眼睛上翻，真发疯了，"不知道，我们又不能进去，他们会认出我们的。"

一个服务生正要走进去。

"对不起，"我说，"我姑姑在里面，我们在等她。请问有没有其他的门，我们会不会跟她错开了？"

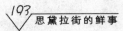

"有，"服务生说，"转角靠近吧台那里还有一个门。你要我转告她你们在等她吗？"

"嗯，不用了，谢谢！我们要给她个惊喜！"

他对我们眨了眨眼，一副与我们同谋的样子，然后就推门走了进去。

一位看起来很亲切的金发女士正要走进大厅。丹妮也跳上前去。

"我们的姑姑在里面，我们等着要给她个惊喜。能不能麻烦您帮个忙，帮我们看看姑丈是不是也在里面？姑姑穿着绿色外套，棕色鬈发，大太阳眼镜。"

"等一下。"金发女士说完就走了进去。一下子她就出来了。

"没有，你们姑丈还没来，你姑姑看起来有点担心的样子。我不会跟她讲的。"她笑了笑，又走了进去。

亚意大利航空公司 86 号航次班机请在 6 号门登机。最后一次呼叫亚意大利航空公司 86 号班机旅客到 6 号门登机。

"嘿！"丹妮尖声叫出来，"站在这根柱子这边，出入两个门的人我都看得到！"她开始站岗了。

我跑回保罗·捷宁思那边。

"她在贵宾室里，他没有。找到他了吗？"

"没有，不过我想到一件事。你记得布吉特大餐事

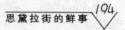

件后,我从里面找出来那张写着很多名字的旅馆信纸吗?"

我根本没法想,在这节骨眼怎么还能站在这里想其他事呢!

"待会儿再讲。"

泽自己倒很得意呢:"给我那包东西,我差不多和她一样高了,对不对?"

难以置信,他躲到柱子后面,穿上了假太太的外套,披上围巾,把自己的夹克塞入乔治丝服饰的袋子里。

他一路走向人群。突然后头有人用力拍他。

"天啊,女人真会变!"那声音轻声说,"到贵宾室见。"

泽大步跑向女生厕所,用乔治丝服饰的袋子遮着脚,不让假仙看见他穿的是登山靴子。我是没看见泽被拍了一下,只看到泽(假太太)走进女生厕所里!于是,低着头,我躲在几位大块头的希腊女士后面,也走了进去。泽(假太太)正在排队。

"他要跟她在贵宾室碰面。贵宾室在哪里?"

"是金翼厅,她已经在里面了。"

"确定?"

"对,丹妮盯着。"

新加坡航空第 16 号班机请由 5 号门登机，最后一次呼叫新加坡航空第 16 号班机的旅客，现在请由 5 号门登机。

我们走了出去，泽边跑边脱衣服。

远远的，我们先看到法蓝了，丹妮在旁边的柱子那边疯狂地挥着手。假太太在那边，没错，旁边站着个大胡子的人！临阵贴胡子——帅啊，假先生！他们两个都看到我们了，就在那一刹那，我们大家都跑了起来，前前后后追着假仙他们。

"够了！够了！"机场的警卫站在假仙面前，我们也紧跟在后，"我不知道你们到底想干什么，都跟我来。"

"别想！"假先生用力地揍了那警卫的下巴一拳。

"就要想！我们都要跟他去！"丹妮发火了，用力踢了他小腿一下，那一腿就算是五十米外也会进门得分。

"你们这些＊＊@#S！#&＊#FX＊@%＊的小鬼！"假先生大喊。

另一个警卫也追上来了，他还离得蛮远的，假仙夫妇俩扭头就跑。我们都跑开了，我撞上了一个老人，丹妮踢倒了一个正在可乐机器前续杯的人推车上的瓶子。假仙快速回头跑，冲向离境大厅的自动门。

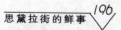

门就要开了，泽赶到墙旁边，手放在保险丝盒上。盛怒之余，泽拿出三把梳子梳了头发一下！门卡住了，缝还太窄，人挤不出去。

假仙气得转身跑向电梯，丹妮赶在他们之前跑了上去，用力一声"哈撒"，她漂亮的鞋尖踩上了紧急停止的按钮。

电梯顿时停了下来，假仙摔了一跤，抬头，像噩梦一样看到丹妮竟然在他们上头。他们认为往下逃可能比往上逃快，所以转身朝着我跑下来！我用力跑向他们，可是我能干什么呢？紧追在我后头的警卫大喊："停着不要动！"

法蓝呢？我转头在找他的踪迹。

警卫抓到了假先生，没想到他一转身就给警卫太阳穴来了一拳，我听到好大一声，吓死了，好可怕嗽。刚开始只是像场刺激的追逐赛，现在变质了！

假仙他们跑过一堆行李旁，冲向一个死角。那里根本没出路嘛，是有个升降梯，但还在楼上没下来。假先生死命地按着按钮，丹妮又追上去了。警卫大喊，叫大家让开。

法蓝呢？我怎么都没看到法蓝。我把法蓝弄丢了。

假太太在一堆行李旁哽咽。

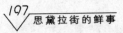

突然，假先生抓住了丹妮，拿把枪顶着她的头！

上帝啊！上帝啊！上帝啊！别是丹妮！拜托，拜托上帝啊！别是丹妮！可以加给我其他瘟疫，可是别让丹妮怎么样！拜托。

他一只手扼着她脖子，另一只手拿枪顶着她的头。丹妮不敢动了，可是在她被扭向侧面的脸上写的不是害怕，而是非常恼火的表情。

拜托上帝啊！别让丹妮做出不智之举，给我们个奇迹！一点小奇迹就好。

现在！拜托！

画面都静止了，除了升降梯的灯在动外，什么都静止了。升降梯往下降着，只剩一楼就到了。

这时有一只小手从旁边一个冲浪板套的拉链儿里伸了出来，到哪里我都认得那只细瘦的小手腕。

那只小手将一团泡泡糖放到了假仙脚后面。

假仙，他半拖着丹妮，用力地往后踩了上去。这时，他转头看了一下到底踩到了什么东西。

丹妮将他的枪撞飞了出去，落到地上后旋转起

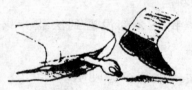

来。丹妮像闪电似的冲了上去,她激动的时候,千万别靠近她,最好躲起来。我们都好怕,她换来换去举着枪,一副不知道自己是左撇子还是右撇子的模样,枪头像西部电影里演的一样,对准了假仙。

假太太昏死了过去。

假先生这时才猛然想起他太太,他朝着她那里望了一下,大骂:"血腥＊＊#%@%$#＋$%#$＊白痴啊!"事关重大时,她得自己保命了。他现在看起来像只被逼到角落的疯狗,眼睛睁得大大的,假胡子掉了一半,真的很像发疯了。机场警卫的脸上有一副这已超出我职责的表情。丹妮给了泽一个"上"的表情,就在那一刹那,假先生跑了。哇,他还真会跑!像只受伤的豹一样!

"让他去吧,泽!"我尖叫着,"太危险了!"

我脑海里还清楚地听到刚才的拳头声,可是泽已经追上去了。

假先生像只冲出人群的蝙蝠似的,翻身一跳,上了自动走道。这时他速度更快了。

泽在走道旁追着,假先生转身看是谁在追他,说时迟那时快,泽又将梳子拿出来梳了几下,然后用手去摸自动走道的扶手。

泽的头发再度让走道停了下来。假先生原本快速

在动的，顿了一下，头往前撞上了旁边一家人。那个妈妈手上抱着两三岁的小孩，被撞得倒在后面她先生身上，她先生又撞到了推车上的小婴儿。漫天哭声尖叫了出来，他们一定都伤得不轻。

假先生赶紧跳开，跑下楼，冲向通往停车场的自动门。

泽还是不肯放弃，他想要停掉自动门的电，可是弄错电箱了，结果警铃大作。假先生逃出了大楼，在停车场的车子中间穿来穿去，他一定以为终于摆脱泽了。至少外面没什么电线会让泽给搞砸了。

跑到那辆三十五万六千元的车旁，假仙吸了口气，开始在口袋里找钥匙。找钥匙的时间刚好长到让泽赶上，泽弯腰跑到乘客座那边。假仙猛按遥控钥匙上的开门键，猛按，猛按，怎么打不开门呢？

泽，没被假仙看到，躲在车旁边，眼睛闭着，疯狂地猛梳着他的头发。

假仙一直按，一直按，一直按，车子防盗警铃也猛叫。他直扯车门把儿，狂怒之下，他把钥匙抛掉，用力去踹门。

"这辆＊＊％＆#X@#$％％##的东西！"

倚在车身旁的泽也瘫在那里喘气，看着假仙慢慢跑过停车场，跑上高速公路。结果意想不到的事发生了，才刚逃走的假先生竟被一个又快又漂亮的动作扑倒在地上，逮回来了。

是若北！

什么都乱七八糟的！在走道的那个家庭被紧急送往急诊室，飞机延后起飞，一堆人在那里转来转去。没有人真正知道出了什么事，有个广播员在说刚才有点小风波，现在一切恢复平静了。

还在喘气的若北跟两个机场警卫一起将假先生带了进来，他手被铐着，两个警卫各抓着他的一只胳膊。

"若北！"我们太高兴了，"你怎么会在这里？"

"法蓝打电话给我的。"

法蓝笑得像太阳一样："思黛拉街：两分。假仙：零分。"

假太太这时也差不多醒来了，一大堆人围着她看。丹妮走上前去，一把揪掉她的假发。

"小混蛋！"假太太最后终于不顾面子地骂了出来。

"很高兴又见到你。"丹妮回敬她说。

"大家都是邻居嘛，应该彼此多了解一点。"若北说，"你们是做哪一行的？"

假仙不理他。

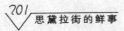

"他们就是太平洋区第一银行。"泽说。

"还有弥勒陀发展公司。"法蓝说。

"还有双洲科技公司。"我补了一句。

"还有什么金氏史坦敦慈善基金会。"丹妮也添了一句。

我们讲话时,假先生看起来像石雕一样。

那时候旁边有五十三个机场警卫和六千个警察。当我们需要他们时,人在哪里呢?

"我一直那么忠于你。"假先生和假太太被带出去时,假太太哭着这样说。

"你要怎样?"假先生回了她一句,"还要拿收据吗?"

第三十六章

未 解 之 谜

　　回家的路上，法蓝和丹妮乐得像天上的风筝，可是泽和我都安安静静的。

　　"在想自动走道上的那家人吗？"我问。

　　"对啊，"泽说，"我一直在担心他们。"

　　"我也是。"

　　我们跟若北讲了。

　　"着急没用，打电话去问啊。"

　　他在电话亭旁停了下来，打了两通电话后才得到答案。护士说那个小女孩手骨骨折了，很大一片淤青，不过好消息是，其他一切都还好。那家人刚度假回来，她跟泽说不要担心，因为他也帮不上任何忙。也许明天他可以去探望他们，跟他们解释一切，道个歉。

　　"高兴一点了吗？"若北问。

　　"好多了！"泽回答。

就像暑假时清晨的第一道阳光,这道朝阳带给我们可能已经摆脱掉假仙的希望。

在书上他们是这样写的:"她感到一阵突如其来的喜悦……"是的,我也这样!

"刚才发生的事实在太难以置信了!"丹妮讲。

"法蓝,你怎么打电话给若北的?"泽问他。

"从丹妮那里拿钱的。我站在电话簿前,一个新西兰来的女士帮我忙。我没有正好的零钱,她也只有新西兰的钱,可是还是打通了。"

"谢天谢地!"若北讲。

"泽,你刚刚要跟我讲什么?就在我们刚找到假太太时,我说待会儿再讲的?"

"噢,对,"泽很高兴地说,"你记得那张旅馆的纸上写满了家人名字,布吉特大餐事件后找出来的,有没有? 刚刚我一听到她伪装了,我忽然了解了,你知道,一个人假装是另一个人时,就得有新名字、新家人、新的一切东西,这样警察盘问的时候,你才不会措手不及。她是在背新家庭成员,我跟你打赌一百万元,一定是。"

"丹妮,"法蓝很慢地说,"他拿枪……有没有,那时是什么感觉?"

"我有几根头发卡在他扣子上了,好痛,我好生

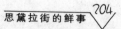

气。枪只是像个硬硬的东西顶在我头上，我没多想，不像真的。"

她将大拇指按在法蓝头上说："像这样。"

"嘿，丹妮，你让电梯停了下来，不知道会不会被罚五百元。"我说。

若北边听边笑。

"今天值得庆祝一下！星期五晚上，明天不用上学！我们来通知其他人。"

我走进房间看到东西都还和早上我离开时摆得一模一样，好震惊噢，原来还是同一天啊！感觉好像过了六个月了。

我们洗了澡，换了衣服，到泽家去。我们从"大鲨鱼"那里叫来了鱼和洋芋片，"大鲨鱼"的鱼和洋芋片贵得要命，但是他们外送（他们的洋芋片实在是好吃得不得了，他们还自己做中国蒸饺，棒极了）。香槟瓶塞"波"的一声跳出来了。

"庆祝没有假仙的日子！"若北说。

"庆祝没有假仙的日子！"我们快把屋顶喊破了！

"希望今天是最后一次闻到她的味道。"法蓝讲。

然后，用毫无章法的次序，一下东、一下西，配上绝佳的音响效果，英雄式的描写和一点点的夸张，我们将这个非常不寻常的一天讲给了还难以置信的爸

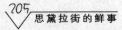

妈听。

"经过今天,此后生活可会无趣了。"老爸说。

唐娜看着若北说:"这话可别说得太早了。"然后瘫在椅子上。

"我撑得住。"若北给了她一个笑容。

可怜的倪先生累死了,可是跟我们一样,他也不想错过任何一件事。

"倪先生,捡那么多钱的滋味如何?"素素问他。

"那些钱啊!"他得意地说,"我们笑得要死,跟你说,那两个警察和我,我们彼此都要看着对方,那是很多百元大钞啊。我的天啊,那些钱一定是捆得紧紧的。我们一直捡、一直捡,像扫秋天的落叶一样。"他扬了扬他那两只手说,"这双手今天下午摸了超过四十万元的现钞。我捡钱捡得手都僵了!"

"说一下假太太是怎样昏倒的!"丹妮说。

"哇,超级酷!她这样昏倒的。"法蓝边说脚就软了下去。

"她有点像这样'咚'的一声倒下去。"丹妮学她。接下来那十分钟我们都在学假太太昏倒。

"注意! 注意! 有消息要宣布。"谛博说。

他坐在大椅子里,两颊笑眯眯的,看起来像个小丑,我们这些观众都等着他变把戏。

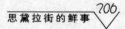

"好啊,说啊,快讲吧。"老爸讲。

"要不然我们也会像假太太那样昏倒。"唐娜说。

"别又起那哄了。"老妈讲。

谛博站起来清清喉咙说:"你们一定想知道我们今晚怎么刚好有这么好的香槟。"

"才想问呢!"老妈笑着回他。

"是这样的,我们百分之九十九确定不会调到新西兰去了。我决定离开公司,和朋友一起开个小计算机公司。"

我们欢天喜地的声音惊动了邻居所有的狗,布吉特更是疯狂,它以为那些叫声都是在叫它呢。如果人会情绪激动的话,狗更会超级超级激动呢!

"我们一直在说要开公司,"素素笑着说,"现在好像是时候了。"

"所以啊,朋友们,"谛博说,"看来你们又要和我们混好一段日子了!"

亲爱的上帝:

请您看看我们,看看我们的心,连用文字讲好像都太多余了。

谢谢!

海　妮

泽不知道要笑还是要哭,他抱谛博和素素抱了好久，我猜他是想把眼泪藏起来。丹妮跳起舞来了，她跟布吉特一样激动。法蓝坐在若北的膝盖上，笑着。

至于我，在我心里有一个黑暗的角落，一个我叫它是"坏房间"的地方。以前我总是把不好的消息关进那间房里，将门关上，拒绝让自己去想坏事情。好啦，有人刚替我把那道门打开了。

"现在你们需要想出一个响亮的名字。"若北说，"叫作双太平洋国际控股计算机科技服务网怎么样？"

"还要个好律师，"老爸说，"我认识一个刚丢了个大客户的律师。"

素素笑出那种最开心的笑声。"对啊，我们说万一计算机公司没开成，还可以当私家侦探。谛博接案子，这群小鬼去跑腿。"

"你们对这件事的经过知道多少？"我们问他们。

"我们猜到一点，"老妈说，"我们知道你们在偷看他们。"

"玩钓鱼！哇，拜托！"若北说。

"我们想过要阻止你们，"老妈说，"可是那样倒像拿条红布在逗斗牛了，所以我们就……"

"就啥事也没做！"若北讲。

"不过如果当初我像现在知道得那么多的话……"

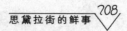

她停了下来，双手拥着丹妮。

布吉特睡到我脚下来了。法蓝也倒在地板上睡着了。倪先生则在沙发上睡了。

这故事没有个很漂亮的结局，你知道，像侦探小说最后总会把每件事情解释得很完整，譬如说，这就是那件事发生的原因，因为有这个才引发那个等等。我们的故事不像那种拼图式的故事，最后会什么都合得好好的，所以你也不用翻箱倒柜想去找出没拼好的拼图。这幅图是永远都拼不好的。

譬如说，没人找出来究竟谁去烧了假仙家。那把红梳子是故意放的钓饵，好让警察怀疑是我们放的火，可是事实上是另一帮危险分子做的。假仙他们对警察也不肯说太多，嗯，不知为什么。

那个星期五之后，四十五号挤满了警察，当然我们又得上警察局去回答那些怎么答也答不完的问题。

警察提到在机场时，发生了两次很奇怪的"跳电"，自动扶梯就不会动了。不过他们没问我们，我们也没解释。

最大的问题是："钱是哪来的？"都是骗来的投资钱吗？倪先生被其中一个一起捡钱的警察邀去烤肉，他说到时候他会问问看。

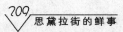

我们也没搞清楚来参加他们宴会的人，不过他们在假装他们是正常人，所以我们猜那些可能是他们的投资"客户"——一群笨蛋！有件事很肯定，就是他们不在时，没有任何朋友来帮他们浇花或拿信。有一天来了辆搬家车，把那些东西全都搬走了。

电视上的足球赛呢？我猜那部分我们猜对了，假先生等的是一个信号，在计分板附近的一个信号。警察猜可能是他弟弟，人在法国。看完电视隔天，他们就偷偷将钱从某个地方送到另一个地方。泽说的写着名字的纸是假仙在背伪装家人，没错。

还有一件事。在别的故事里，人家都会把你的照片登上去，说你们是大英雄，可是在这里可没这样。报纸连这件事都没报道，因为警察还在追查另一件更大宗的案子，调查期间要先保密，所以我们都没敢讲。

华警官（问我们放火案子的那一个）说警察很赞赏我们的聪明才智、查案子花的精力和面对危险的机智，可是，从今以后，这种事只要交给警察做就行了。他握握我们的手说，等我们长大，也许可以考虑警察这职业。

"了结了。"丹妮说。

"可是奖金呢？"法蓝问，"故事里的人最后都拿到奖金或奖状。每次都有人演讲和颁奖的！"

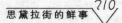

第 三 十 七 章

春 天

春天来了,牛奶店的赵先生用杂志里剪出来的花排了个"春天"贴在窗户上。那看起来像个三年级孩子的作品,可是我们都了解那春天的感觉。

我们的紫丁香开了,阳台上的紫藤也开始垂下小花了。

春天来了,唐娜的花园开满了花,所有的小盆栽都为她盛开,开得满坑满谷,疯了一样,真值得一看。

我们躺在她的花园里。

两个小女孩从围墙探头过来看唐娜的花园,这没什么值得大惊小怪的,很多人都停下来欣赏这花园。

"好漂亮的花园啊!"大女孩说,她快乐的圆脸上带着雀斑。

"对啊,"法蓝说,"我妈种的。"

"好棒啊!"另一个直发女孩说,她们的眼睛一直盯着这花园。

布吉特在团团转地追蝴蝶，好像不追到就会死一样。

"那是你的狗吗？"小女孩问。

"对啊。"法蓝说。

"叫什么名字？"

"布吉特。"

雀斑女孩和直发女孩都笑了出来，不是恶意的那一种。我们也面带笑意地看着她们笑，然后她们就不见了。这两个女孩看起来很友善，我们猜她们一定是来这附近找人的。

结果她们突然又回来了，这回站在门边，大女孩还捧着一个大盒子。

"我们可以进来吗？"

我们彼此看了看。

"当然。"法蓝说。

"这是送给你妈妈的。"女孩给他那个盒子，"我们妈妈做的陶器，这是她的败笔，你妈妈可以在里面

种花。"

盒子里是一个最漂亮的、歪歪斜斜的花盆，有点破、有点裂，但是那颜色可以让你眼珠子跳出来。

"你们住在哪里？"法蓝问她们。

"四十五号。"两个女孩同时回答。

"噢，胜利！"

故事终结

下面这点我可以说也可以不说，免得你说我是编出来的，好让这故事像其他故事那样有最快乐的结局。所以我不说了。

附注：可是我还是说好了，因为我忍不住了。

唐娜怀孕了。

太完美了！

伊丽莎白·哈妮

Elizabeth Honey

伊丽莎白·哈妮是画龄 16 年的资深童书插画家。在此之前她一直担任广告公司的美术总监,直到她首度接了一本童书的插画工作,她才恍然大悟这才是她要做的事。16 年来,伊丽莎白·哈妮与许多作家合作过,也出过自己的绘本。但是《思黛拉街的鲜事》是她第一本小说。伊丽莎白说:"我喜欢积极光明的故事。现在的童书很多都是有关人际问题、离婚或单亲家庭的故事,但是,我知道世界上还有很多家庭过得很快乐。"

伊丽莎白非常重视小读者们的感受。在写作时,她极力避免说教,但又大量放入她对社会的关心。她最感不平的就是社会的不公和对人的漠视。她说:"我希望《思黛拉街的鲜事》写出一群属于这条街的人。属于一个好家庭,一群朋友,一个宠物。社区可以是好或坏的,如果一个社区让人有信心,人们就会有归属感。当然啦,我也希望这是一本愉快的书,充满情节、动作,结尾干净利落,而且好笑。"

国际大奖小说

盛满阅读梦想的宝盒

昀　韬／图书编辑

天天上学放学的单调生活里，我们总盼望着有点什么新鲜事发生。可是生活里发生的常常不如故事里写的有趣，所以我们常常爱看看故事。老师说看故事能扩大知识面，体味不同的生活；爸爸妈妈盼望看故事能提高我们的写作水平，让我们的作文篇篇写得比出版了的书还带劲儿；可是这些都不应该耽误我们看故事只是为了有趣。因此，我们一定得看看这发生在思黛拉街的新鲜事，因为看起来它符合上面讲到的所有要求。

首先，它讲的是一群澳洲孩子的生活。了解生活在遥远异国的同龄孩子的生活故事，这应该正是老师所希望的；第二，它是

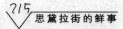

一个叫海妮的女孩讲的故事。要把自己的生活写成一本书可不容易,她一定能告诉我们一些写作的诀窍;第三,也是最重要的——这可是件大大的新鲜事。有几个孩子能亲身体验抓捕国际犯罪分子的惊心场面?好家伙,这一定有趣死了!所以,我们带着所有的期待出发,看看《思黛拉街的鲜事》是不是传说中能满足所有愿望的宝盒。

刚才说过了,这个新鲜的故事是思黛拉街的海妮讲述的。海妮是学校里个子最高的女孩,她喜欢写写故事,这个故事就是她用自己的方式记录下来的。海妮有一群好伙伴,她最要好的朋友泽,梳梳头发就能产生很大的静电,不仅会干扰电视信号,甚至还帮一个突然晕倒的人现场实施了"电击疗法"。哈哈,这可真是新鲜事,可是这和接下来要发生的事情相比还算不上什么,因为思黛拉街快有大事件发生了!

本来,思黛拉街的人们生活得平静幸福,当然,这是思黛拉街45号的老住户莉莲姑婆还在世时候的事。后来有一天,45号突然就被翻过来了,几乎一切都被推倒,重建起来的是一座只有杂志封面上才能看到的小楼。就是那种只能摆着看不能住人的小楼,因为在我看来,住着人的房子绝不可能保持那种"变态"的整洁。什么人要搬来?思黛拉街的孩子们都要好奇死了。说实话,

国际大奖小说

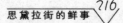

我们也要好奇死了。

我们先听到了一些特别的声音,那是从45号传出的对装修工人无礼的喝骂声和争吵声,这实在不能给我们留下什么好印象;然后,我们又闻到了特别的味道,那是过分浓烈的香水味,只能让我们联想到百货商场,丝毫不能产生什么亲近的感觉;然后,我们看到了点特别的东西:45号居然还装上了卫星电视接收的"大耳朵",请问,他们到底要看什么秘密节目?再然后,我们终于见到了45号新的女主人——金色的鞋、金色的头发,金色的项链和耳环……总而言之,全身闪耀着金钱的光泽。

好了,45号新邻居还没搬进来,可是我们已经知道,思黛拉街的孩子们讨厌死他们的新邻居了——既没品位,又没教养,却有着让人怀疑的阔绰。他们给45号起了个外号,叫假仙家庭。这样的新邻居搬进来,原来和睦的思黛拉街看来要有麻烦事了。

果然,45号成了思黛拉街所有麻烦的源头。他们乱扔垃圾,动不动就投诉邻居,连小狗布吉特都失去了在思黛拉街随意游荡的快乐生活。这样的邻居把大人们折腾得焦头烂额,却没能唬住这帮鬼精灵,他们越来越觉得不对劲了!假仙家怎么会有这么多钱?他们为什么常常奢侈地挥霍?什么工作能挣这么多钱呢?他们决心找出所有疑问的答案。

于是，紧张刺激的侦察行动开始了。侦察当然免不了观察、窥探、搜集证据和分析推理。我们也恨不得加入其中，帮着分析一下，出出主意。我们就从看来最奇怪的事情入手！我们先要搞清楚假仙家装上卫星电视究竟是要看什么节目，获得什么信息；然后，我们得到了一条意外的线索，那是一封写给国外银行的信，告知钱已经汇出；然后，我们又发现假仙家的公司虽然挂着名目繁多的名头，却只有他们两个人在这些所谓的公司里"工作"……这些奇奇怪怪的现象实在超出了我们的理解范围，所以大家要到图书馆去寻找启发。最后，海妮发现了一本叫《现代麦得斯》的书，天哪，其中的"第九章"好像讲的正是假仙家获取金钱的方式。大家得出了一个大胆的推论——假仙家可能是一家国际洗钱机构的成员。这真是激动人心的发现！当推断证实的时候，假仙一家已经逃往机场了，于是，一场惊心动魄的追捕在机场展开了。这一连串的经历看得我们上气不接下气，简直忘了我们在看故事，还以为是在看精彩的侦探电影。我想，能让我们一口气把故事看完应该是我们对一个有趣的故事的最高评价。

电影落幕了，我心甘情愿地佩服海妮写这个故事的方法，虽然她自己常在书中谦虚地说，很多地方都没有交代清楚，比如她的父母是干什么工作的，可是我觉得

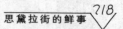

这丝毫不影响我阅读的快乐嘛，所以我想应该能得出以下的心得：写作文不要面面俱到地介绍，否则写了好长好长，别人都看烦了，还没讲到正题上呢；还有，海妮常常为需要不停重复出现的"某某人说"，"某某人又说"而烦恼，希望找到更多的表达方法，真是于我心有戚戚焉。我想我也需要找到更多灵活的表达方式来处理这看似简单却常困扰我写作的问题。当然还有别的好多好多经验，大家自己看着总结吧。

在这个新鲜的故事里，我们感受最深的是亲邻之间的和睦和爱护。我们多么希望自己也生活在一个充满爱的社区，那里有永远慈爱地对待孩子们的莉莲姑婆，有让所有的垃圾都盛开美丽花朵的唐娜家的梦想乐园，有那么多互相关爱，一起玩耍的伙伴好友，当然，还有我们一起发现的，让生活变得丰富多彩的新鲜事。

所以我说，《思黛拉街的鲜事》就是一个盛满所有阅读梦想的宝盒，你有什么想实现的阅读愿望，就到这里来寻找吧！